Hans Carl Leopold Barkow

Die Venen der obern Extremität des Menschen

Antigonos

Hans Carl Leopold Barkow

Die Venen der obern Extremität des Menschen

Unveränderter Nachdruck der Originalausgabe von 1868.

1. Auflage 2024 | ISBN: 978-3-38636-825-4

Antigonos Verlag ist ein Imprint der Outlook Verlagsgesellschaft mbH.

Verlag: Outlook Verlag GmbH, Zeilweg 44, 60439 Frankfurt, Deutschland, info@outlook-verlag.de
Vertretungsberechtigt: E. Roepke, Zeilweg 44, 60439 Frankfurt, Deutschland
Druck: Libri Plureos GmbH, Friedensallee 273, 22763 Hamburg, Deutschland

Die

Venen der obern Extremität

des

Menschen.

Ein Glückwunsch

dem

Herrn Curator der Königlichen Universität, Wirklichem Geheimen Rathe

und

Ober-Präsidenten von Schlesien

Excellenz,

DR. FREIHERRN V. SCHLEINITZ,

Höchster Orden Ritter

u. s. w. u. s. w.

zum 18. Juni 1868

dem Tage seiner fünfzigjährigen Amts-Jubel-Feier

dargebracht

von

Dr. H. C. L. Barkow,

Königlichem Geh. Medicinal-Rathe, o. ö. Professor der Medicin und Director des
Anatomie-Institute an der Universität zu Breslau.

Mit 26 in den Text eingedruckten Holzschnitten, und 6 lithographirten und colorirten Tafeln.

Breslau,
Ferdinand Hirt's Königliche Universitäts-Buchhandlung.
1868.

Hoch- und Wohlgeborener Herr

Hochgeehrter

Wirklicher Geheimer Rath

Ober-Präsident und Universitäts-Curator!

Das grüne Lorbeer-Reis, welches Euer Excellenz am 18. Juni 1815 auf Blut getränktem Felde pflückten, ist während einer fünfzigjährigen amtlichen Thätigkeit, in stillem Frieden, unter den Stürmen der Revolution und während des gewaltigen neuesten Krieges durch welchen die durch Sr. Majestät des Königs Gnade Euer Excellenz Fürsorge anvertraute Provinz zunächst bedrohet war, zu einem nie welkenden Kranze geworden, und es mag wohl vielen als unpassend erscheinen, dass ich es unternommen, an einem so hohen Ehren-Tage wie der heutige ist, an dem Euer Excellenz Ihre fünfzigjährige Amts-Jubel-Feier begehen, Hochdenselben meinen Glückwunsch durch Ueberreichung eines Werkes auszusprechen in welchem es sich vorzüglich mit um eine Operation handelt, die als der niedern Chirurgie verfallen angesehen wird. Ich habe mich aber durch solche Betrachtungen nicht abschrecken lassen. Die Ader um welche es sich in meinem Werke ganz besonders handelt, ist es wohl werth der wissenschaftlichen Vergessenheit entzogen zu werden. Jahr aus

Jahr ein und Tag für Tag fliesst aus ihr mehr Blut als aus allen andern Adern des menschlichen Körpers zusammen. Tausende von Kranken verdanken ihr die Wiederherstellung ihrer Gesundheit und die Erhaltung ihres Lebens, und oft genug ist sie durch das Verkennen ihrer Beziehungen die Quelle bitteren Leides und die Ursache des Todes geworden.

Euer Excellenz beehre ich mich ganz gehorsamst zu bitten, mit meinem innigsten Danke für die Gewährung der Mittel, durch welche der angiologische Saal des meiner Direction überwiesenen anatomischen Museum's nach meinen Anträgen eingerichtet worden ist, meine aufrichtigsten Glückwünsche zu dem heutigen Feste und für Euer Excellenz ferneres Wohlergehen gnädigst aufnehmen zu wollen.

H. Barkow.

Vorrede.

Seit dem Jahre 1824 in dem ich Vorlesungen über chirurgische Anatomie, während der Jahre 1827 — 1844 in denen ich Special-Vorträge über Angiologie hielt, und vorzüglich bei dem Ertheilen des practischen anatomischen Unterrichts im Secir-Saal während der Jahre 1826 — 1868 habe ich die Blutgefässe des Menschen und mit ihnen ganz besonders die Venen der obern Extremität wegen ihrer wichtigen Beziehungen zu chirurgischen Operationen zum Gegenstande meiner besondern Beachtung und Bearbeitung gemacht. Die grosse Mannigfaltigkeit in den Gestaltungen dieser Venen die ich hierbei erkannte ist die Ursache, dass das vorliegende, die betreffenden Gegenstände übrigens keineswegs erschöpfend darstellende, Werk doch einen ungewöhnlich grossen Umfang für Körpertheile erlangt hat, welche sonst in den anatomischen Schriften auf wenig Seiten abgehandelt zu werden pflegen. — Im anatomischen Museum bin ich bemüht gewesen die verschiedenen Bildungen der Venen durch Präparate herzustellen. Herr Prosector Professor Dr. Grosser hat mich hierin durch seine bewährte anatomische Technik unterstützt.

Durch dem Text eingedruckte Holzschnitte und durch sechs lithographirte colorirte Tafeln habe ich den Lesern meines Werkes die Darstellungen desselben möglichst zu veranschaulichen mich bestrebt. Die Abbildungen auf den Tafeln sind, mit Ausnahme der auf Tab. V. enthaltenen, nach injicirten, theils im getrockneten Zustande theils in Spiritus aufbewahrten Präparaten angefertigt. Einen Theil derselben habe ich bereits im anatomischen Museum vorgefunden als ich dessen Direction nach dem Tode meines Vorgängers Otto übernahm. Die unter meiner Direction neu hinzugekommenen Präparate sind sämmtlich an von mir zu diesem Zwecke ausgesuchten Leichentheilen nach meinen Angaben injicirt, an den von mir bezeichneten Gegenden und in dem von mir bezeichneten Umfange ausgearbeitet. Die Injectionen wurden theilweise erst vorgenommen nachdem die vorläufige Bearbeitung der Venen im Secirsaal bereits begonnen hatte, grösstentheils aber an noch gänzlich unversehrten Gliedern. Diese Präparate sind von mir selbst bevor sie gezeichnet wurden für die wissenschaftliche Benutzung nachgearbeitet. Bei einigen musste ich dies während des Zeichnens, oder wo mehrere Ansichten nothwendig wurden, nach Aufnahme der ersten wiederholen. — Die auf Tab. V. enthaltenen Abbildungen sind nach nicht injicirten, an frischer Leiche gearbeiteten Präparaten aufgenommen. Dasselbe gilt von den dem Text eingedruckten Holzschnitten. Theils wurden die hierzu nöthigen Präparate von den Herrn Studirenden im Secir-Saal unter meiner Anleitung, theils von mir allein ausgearbeitet.

Dr. H. Barkow.

Die Blut-Adern (Venen) entsprechen in Beziehung auf ihren Verlauf im Allgemeinen dem Verlaufe der Schlag-Adern (Arterien), welche zu den Theilen das Blut hinleiteten von denen es die Venen zum Herzen wieder zurückführen. Venen und Arterien liegen in der Regel neben einander. An vielen Stellen kommen aber Abweichungen von dieser Regel vor. Es gilt dies fast allgemein für die Blutgefässe innerhalb der Schädelhöhle. Die mehrsten Sinus durae matris verlaufen ohne arterielle Begleiter. Die Carotis cerebralis geht durch ihren besondern Knochen-Kanal in die Schädelhöhle, während die Vena jugularis interna getrennt von ihr durch das Foramen jugulare aus der Schädelhöhle hervortritt. In der Leber zeigt sich ein, wenn auch nicht gleiches, doch ähnliches Verhältniss, indem die Arteria hepatica und die Vena Portae von der Porta hepatis wie von ihrem Centrum aus nach unten, oben, rechts und links strahlenförmig ihre Zweige vertheilt, während vom Umfange der Leber die Venae hepaticae gegen den Ausschnitt des obern Leberrandes hin ohne arterielle Begleitung convergiren. Das Quantum des venösen Blutes übertrifft das Quantum des arteriellen, die Capacität der Venen im Ganzen desshalb die der Arterien. Dies ist aber nicht bedingt durch eine grössere Capacität der einzelnen Venen, wenn auch diese stellenweise stärker erscheinen als die ihnen entsprechenden Schlagadern, sondern durch die grössere Zahl der Venen überhaupt. An vielen Stellen des Körpers befinden sich zwei, bei manchen drei Venen oder mehr neben einer Arterie. Zwei grosse Arterien-Stämme, die Aorta und die Art. pulmonalis empfangen das Blut vom Herzen und leiten es zu den verschiedenen Theilen des Körpers hin, sieben grössere Venen, die beiden Hohl-Venen, die grosse Herz-Vene und die vier Lungen-Venen führen das Blut wieder in das Herz hinein.

Das Lagenverhältniss der Schlag-Adern und der Blut-Adern bietet im Allgemeinen folgende Verschiedenheiten dar.

1) Arterien verlaufen ohne venöse Nachbarn wie die Nabel-Arterien von der Seite der Harnblase bis zum Nabelringe aufwärts, die bereits erwähnten inneren Carotiden, die Arteria basilaris, die Arterien welche den Circulus Willisii an der Basis des Gehirns bilden.

2) Es verläuft neben einer Arterie eine Vene z. B. die Vena jugularis interna neben der Carotis communis, die Vena subclavia, die Vena iliaca communis, Vena iliaca interna, Vena iliaca externa etc. neben der gleichnamigen Art. subclavia, der Art. iliaca communis, Art. iliaca externa, Art. iliaca interna.

3) Es verlaufen zwei Arterien neben einer Vene z. B. die beiden Arcus arteriosi falciformes majores (der Arcus dexter und sinister) neben dem einfachen Sinus longitudinalis superior der harten Hirnhaut[1]), die beiden Art. umbilicales neben der einfachen Vena umbilicalis im Nabelstrang.

4) Es verlaufen 2 oder 3 oder 4 Venen entsprechend einer Arterie wie die tiefen Venen des Vorderarmes, des Unterschenkels, theilweise des Oberarmes und Oberschenkels und die Lungenvenen.

5) Es verlaufen Venen ohne arterielle Begleitung wie die Vena jugularis externa, die oberflächlichen Venen der untern und der obern Extremitäten.

Die Venen der obern Extremität beginnen an den Spitzen der Finger, steigen an Zahl und Grösse zunehmend zur Hand, zum Vorder- und Oberarm aufwärts, bis sie von verschiedenen Gegenden kommend, mehr und mehr sich vereinigen und in der Achselhöhle in einen gemeinschaftlichen grossen Stamm, die Achsel-Vene übergehen. An der Hand bilden die Knochen mit ihren Bändern, Muskeln und Sehnen gleichsam eine unvollständige Blut-Scheide zwischen den arteriellen und venösen Strömungen. An der Volarseite sind die arteriellen, an der Dorsalseite die venösen die vorherrschenden.

Die Venen der obern Extremität werden allgemein in die tiefen und die oberflächlichen eingetheilt.

Die tiefen Venen liegen unter oder zwischen den Muskeln oder Sehnen bedeckt von den Fascien in Begleitung gleichnamiger Arterien. Gewöhnlich begleiten zwei Venen eine Arterie, indem sie diese zwischen sich fassen, sich öfters mit ihnen kreuzen, sie theilweise bedecken, oder durch anastomosirende Zweige untereinander sich oder mit den oberflächlichen Venen verbinden. Zwei Arcus venosi volares sublimes begleiten nach den Angaben der mehrsten Anatomen den einfachen Arcus arteriosus sublimis, zwei ähnliche venöse Bögen den Arcus arteriosus profundus, zwei Venae interosseae posticae (s. dorsales) antibrachii die Art. interossea postica, zwei ähnliche Venen die Art. interossea antica, zwei Venae radiales

---

[1]) Vergl. Dr. H. C. L. Barkow, Bemerkungen zur pathologischen Osteologie. Zweite Abtheilung. Breslau 1864. Fol. S. 30 und Comparative Morphologie des Menschen und der Menschenähnlichen Thiere, fünfter Theil, oder die Blut-Gefässe vorzüglich die Schlagadern des Menschen in ihren minder bekannten Bahnen und Verzweigungen. Breslau 1866. Fol. Tab. VIII. Fig. III.

profundae die einfache Arteria radialis, zwei Venae profundae ulnares die einfache Arteria ulnaris[1]).

Die oberflächlichen Venen verlaufen nicht in der Nachbarschaft von Arterien. Sie werden auch Venae subcutaneae genannt. Sie liegen zwischen der Haut und der Fascia, oder am Vorderarm, wo diese aus einer Lamina superficialis und profunda besteht theilweise zwischen den beiden Platten der Binde. Als wichtigere Abtheilungen derselben lassen sich unterscheiden das Rete venosum dorsale manus, der Plexus venosus dorsalis antibrachii, der Plexus venosus cephalicus mit der Vena cephalica antibrachialis simplex oder duplex, der Plexus basilicus mit der Vena basilica antibrachialis, der Plexus venosus antibrachialis anterior mit einer Vena antibrachialis anterior longitudinalis simplex, duplex oder triplex, oder ohne besondere Längst-Venen, die einfache oder mehrfache Vena mediana cubitalis obliqua, die Vena cephalica brachialis und die Vena basilica brachialis superficialis.

Das Rete venosum dorsale manus bedeckt die Rücken-Seite des Metacarpus und Carpus. Es beginnt als Rete metacarpeum am untern Ende der Mittelhand. Auf der Rücken-Seite der Finger-Glieder befinden sich venöse Netze (Retia phalangea dorsalia), welche weiter gegen die Ränder der Phalangen hin sich zu Marginal-Venen der Finger in der Art vereinigen, dass an jedem Finger eine Vena digitalis radialis und ulnaris verläuft. Diese nehmen auch kleinere Venen von der Volar-Seite der Phalangen auf, gehen aber mit ihren Fortsetzungen gegen die untern Enden der Rücken-Seite der Interstitia interossea metacarpea und verhalten sich hier so, dass eine Vena digitalis radialis des einen und eine Vena digitalis ulnaris des benachbarten Fingers zu einer Vena interossea dorsalis sich verbinden. Dies gilt wenigstens als Regel für die Vena interossea dorsalis quarta (die sogenannte Vena salvatella die in dem Zwischenraum des vierten und fünften Mittelhandknochens liegt), die Vena interossea tertia und die Vena interossea secunda. Die Vena interossea dorsalis prima liegt im Interstitium interosseum des Daumen und Zeigefingers, erscheint zunächst als Fortsetzung der Vena digitalis radialis Indicis, nimmt die Vena digitalis ulnaris und radialis pollicis auf, bildet als Vena cephalica pollicis gleichsam den Anfang der Vena cephalica antibrachii, in welche sie sich fortsetzt.

Diese Venae interosseae dorsales verlaufen in der Regel nicht einfach in den Interstitiis interosseis, sondern theilen sich und verbinden sich wieder, verlassen die Zwischen-Knochenräume und gehen die Mittelhandknochen kreuzend über diese hinweg.

Man kann an dem Rete carpeum dorsale zwei Haupt-Abtheilungen, den Tractus radialis und den Tractus ulnaris unterscheiden, die zwar durch einen einfachen Bogen, oder durch mehrfache Anastomosen verbunden sind, durch die Verschiedenheit ihrer Richtung aber sich

---

[1]) Vergl. Dr. Aug. Carl Bock, Darstellung der Venen. Leipzig 1823. 8. S. 111—126. Tab. IX—XII. Dr. Fr. Arnold, Handbuch der Anatomie des Menschen. Zweiter Band. 1847. 8. S. 585. Samuel Thomas v. Sömmering, Vom Baue des menschlichen Körpers. Umgearbeitet von Fr. Wilh. Theile, Gefässe. Leipzig 1841. 8. S. 293. In Betreff der Hohlhand-Venen ist jedoch das Zahlenverhältniss noch nicht genügend ermittelt. J. Hyrtl, Lehrbuch der Anatomie des Menschen. 9. Auflage. Wien 1866. 8. S. 951 giebt nur einen hoch- und tiefliegenden Arcus venosus an. Es sind diese Bogen aber stets ausserordentlich schwach und es kann wohl leicht einer übersehen werden. Ich glaube aber doch auch mehrmals nur einen Arcus venosus sublimis gefunden zu haben. Zuweilen erschien mir selbst dieser unvollständig. Bei einem Neger dessen Venen ich vor kurzem untersuchte, waren jedoch zwei oberflächliche und zwei tiefe dünne venöse Bogen vorhanden, welche den einfachen starken Arcus arteriosus sublimis und den einfachen Arcus arteriosus profundus zwischen sich fassten.

sogleich von einander auszeichnen. Der Tractus radialis geht in der Richtung gegen den Processus styloideus Radii, der Tractus ulnaris gegen das Capitulum Ulnae hin. Unterhalb des Capitulum Ulnae vereinigen sich die Zweige des Tractus ulnaris häufig zu einem kurzmaschigen Geflecht, oder selbst zu einem grössern venösen Ast die man als Knotenpunkt (Plexus nodosus venosus ulnaris inferior) betrachten kann, von denen die Venen ihren weiteren Verlauf gegen das Centrum hin in verschiedenen Richtungen nehmen. Der Tractus radialis geht hervor aus der Vena digitalis radialis des Zeigefingers und den Venen des Daumens, der Tractus ulnaris aus der Vena digitalis ulnaris des Zeigefingers und den Venen des dritten, vierten und fünften Fingers. Die Vena interossea secunda und tertia kreuzen in ihrem Verlaufe den dritten und vierten Mittelhandknochen entsprechend der Richtung des Tractus ulnaris. In manchen Fällen geht aber auch die Vena digitalis ulnaris Indicis, den Mittelhandknochen des Zeigefingers kreuzend, in den Tractus radialis über, in einzelnen Fällen vereinigt sich diese mit der Vena digitalis radialis des dritten Fingers zur Vena interossea secunda und diese geht nicht wie gewöhnlich in den Tractus ulnaris, sondern in den Tractus radialis über. Sowohl der Tractus radialis als der Tractus ulnaris stehen am Carpus, jener an der äussern, dieser an der inneren Seite desselben durch schwächere Anastomosen mit dem Rete carpeum volare superficiale und dem untern Ende des Plexus venosus antibrachialis anterior, nach oben mit dem Plexus venosus antibrachialis posterior in Verbindung. Letzterer bildet ein aus grössern Venenzweigen bestehendes weitmaschiges Netz, welches an der Dorsalseite des untern Endes des Vorderarmes $2\frac{1}{2}$ bis 4 Zoll weit über der Hand-Wurzel im subcutanen Bindegewebe in die Höhe reicht. Seine Zweige divergiren aufwärts theils gegen die Ulnar-, theils gegen die Radial-Seite des Vorderarms. Erstere gehen in die Vena basilica antibrachialis, letztere in die Vena cephalica antibrachialis oder wenn ein Plexus cephalicus antibrachialis vorhanden ist, in diesen über. In manchen Fällen geht der ganze Plexus antibrachialis posterior von der Ulnar-Seite zur Radial-Seite gegen die Vena cephalica hinüber, trägt zur Bildung einer Vena basilica nichts bei, so dass die Fortsetzung des Tractus ulnaris des Rete carpeum dorsale, welches von der Radial- zur Ulnar-Seite in die Höhe ging, die Richtung ihres Zuges ändert und von der Ulnar- zur Radial-Seite des Vorderarms weitersteigt. Obgleich der Plexus venosus antibrachialis posterior bis an das obere Ende des Vorderarmes reicht, bestehen seine Verbindungen oberhalb der Mitte desselben gewöhnlich doch nur aus schwächeren Venen, die theils gegen die Vena cephalica, theils gegen die Vena basilica hinstreben um mit ihnen sich zu vereinigen. In der Nähe des Ellenbogen-Gelenkes gehen in letztere gewöhnlich einige stärkere vom Unterarm-Rücken kommende Zweige über. Eine nicht häufig vorkommende Varietät besteht darin, dass eine mehr oder minder starke Vena subcutanea dorsalis antibrachialis longitudinalis media der ganzen Länge nach am Vorderarm in der Mitte zwischen der Vena cephalica und basilica mit beiden durch kleinere oder grössere Zweige anastomosirend in die Höhe geht. Sie beginnt aus der Mitte des obern Endes des Rete carpeum dorsale, neigt sich am Ellenbogen-Gelenk mehr gegen die Radial-Seite hin und geht entweder ganz in die Vena cephalica, oder getheilt mit einem Zweige in diese, mit einem andern in die Vena collateralis ulnaris oder allein in letztere über.

Zu dieser Bildung macht der von August Carl Bock[1]) als Vena ulnaris externa beschriebene grosse Ast gleichsam den Uebergang, welcher mehr längst dem Ulnarrande des Vorder-Armes, die cephalische und basilische Vene verbindend, in die Höhe stieg und oben, sich nach vorne wendend, in die cephalische Vene überging.

Die vordere Fläche des Unterarmes wird von einem weitmaschigen subcutanen Venen-Geflecht bedeckt, welches von der Handwurzel bis an das Ellenbogengelenk reicht. Es beginnt gleich oberhalb der Handwurzel mit Zweigen in welche das Rete carpeum volare superficiale übergeht. Oefters finden sich in der Foveola carpea volaris media (dem Grübchen, welches die Grenze des Ballens des Daumens und des kleinen Fingers andeutet) zwei kleine Venen, die eine kurze Strecke am Vorderarme in die Höhe gehen, das untere Ende der Sehne des Musculus palmaris longus zwischen sich fassen, dann sich zu einem grösseren Aste vereinigen, welcher weiter aufwärts in das grössere gemeinschaftliche Netz sich fortsetzt. Die Zweige dieses Plexus antibrachialis anterior gehen zum Theil grade aufwärts, zum Theil schief gegen die Radialseite des Vorderarmes in die Höhe. Vorherrschend ist aber in der Mehrzahl der Fälle ihre Richtung gegen die Ulnarseite hin an welcher sie entweder in den Tractus basilicus oder in die Vena basilica selbst übergehen. In der Regel gehen grössere Zweige des Plexus antibrachialis anterior nicht bis zur Vena mediana in die Höhe, wenn ein solcher Verlauf auch nicht grade zu den seltenen gehört und kleinere Zweige vom oberen Ende des Vorderarm-Geflechts gewöhnlich in die Vena mediana münden. In andern Fällen tritt eine stärker entwickelte Vene in diesem Geflecht hervor und verläuft der ganzen oder fast der ganzen Länge nach am Vorder-arm in die Höhe. In manchen Fällen sind zwei, in noch andern Fällen drei solcher Längstvenen vorhanden. Diese Venen können hiernach als Vena longitudinalis superficialis antibrachialis anterior media, externa und interna bezeichnet werden, je nachdem sie mehr in der Mitte, oder dem äussern (radialen) oder innern (ulnaren) Rande des Vorderarms näher verläuft. Erstere (die Vena sup. media) ist von manchen Anatomen auch unter dem Namen Vena mediana communis beschrieben worden.

Der Plexus venosus antibrachialis superficialis posterior und anterior stehen am Radial-Rande durch den Plexus cephalicus, am Ulnar-Rande durch den Plexus basilicus unter einander in Verbindung.

Den Mittelpunkt des Plexus cephalicus bildet die Vena cephalica antibrachialis. Sie beginnt an der Radial-Seite des unteren Endes des Vorderarmes als Fortsetzung der Vena interossea dorsalis prima s. Vena cephalica pollicis, steigt an der Radialseite des Vorderarmes in die Höhe, wird verstärkt durch einen Zweig oder durch zwei bis drei Zweige, welche von dem Tractus ulnaris des Rete carpeum dorsale gegen die Radial-Seite schräg aufwärts gehen. M. J. Weber[2]) hat diese als Rami posteriores der Vena cephalica unterschieden.

---

[1]) a. a. O. S. 113. T. 9. 15.

[2]) Vollständiges Handbuch der Anatomie des menschlichen Körpers. Zweiter Band. Bonn 1842. 8. S. 239.

Es ist keine müssige Annahme, wie **H. Beaunis** und **A. Bouchard**[1]) behaupten, sie besonders zu unterscheiden weil sie vielfach unter einander anastomosiren und Verschiedenheiten in ihrer Richtung zeigen. Ihre vorherrschende Richtung geht schräg von unten und von der Ulnar-Seite zur Radial-Seite aufwärts. Sie sind die unteren ulnaren Wurzeln der Vena cephalica und können bei der Angabe des Ursprunges der letzteren nicht füglich unbeachtet bleiben. Die Vena cephalica antibrachialis erstreckt sich bis etwas unterhalb der Stelle wo das Crus aponeuroticum der Sehne des Mus. biceps brachii in die Fascia antibrachii übergeht. Sie neigt sich zu dieser weiter nach vorne und theilt sich gewöhnlich in zwei Endäste, einen innern und einen äussern. Der innere ist die Vena mediana, der äussere geht als Vena cephalica brachialis entsprechend dem äussern Rande der Sehne des Biceps, dann im Sulcus bicipitalis externus in die Höhe. gelangt in den Sulcus deltoideopectoralis, senkt sich oberhalb des Musculus pectoralis minor in die Tiefe und mündet unterhalb des Schlüsselbeines in die Vena axillaris.

Sowohl die Vena cephalica antibrachialis als die Vena cephalica brachialis bieten nicht selten auffallende Abweichungen von ihrem gewöhnlichen Verlaufe dar. Die Vena cephalica antibrachialis theilt sich öfters etwas unterhalb der Stelle wo sie die Vena mediana abgiebt, oder noch tiefer an der Grenze des obern und mittleren Dritttheiles des Vorderarmes, oder in der Mitte desselben oder noch weiter abwärts in zwei grosse Aeste, einen weiter nach vorne oder innen und einen weiter nach aussen oder hinten gelegenen Ast. Beide Aeste verlaufen bald nahe aneinander liegend, bald 3, 4, 6, 8 Linien oder noch mehr von einander sich entfernend aufwärts. Den äusseren nenne ich die Vena cephalica antibrachialis externa s. posterior. Sie steigt fast grade in die Höhe und verbindet sich unter einem spitzen Winkel etwas oberhalb des Condylus externus humeri wieder mit dem nach innen und vorne von ihm gelegenen innern Ast. Dieser die Vena cephalica antibrachialis interna s. anterior neigt sich aufsteigend allmählich weiter nach vorne bis vor das Ellenbogen-Gelenk, giebt hier die Vena mediana ab, neigt sich alsdann aufsteigend wieder weiter nach aussen und verbindet sich bald höher bald tiefer wieder mit der Fortsetzung der Vena cephalica antibrachialis externa zur Vena cephalica brachialis, die alsdann in der gewohnten Weise weiter in die Höhe geht. Gewöhnlich ist die Vena cephalica antibrachialis interna etwas stärker als die externa. In manchen Fällen findet Gleichheit beider Venen statt. Zuweilen ist aber die externa die stärkere. Durch diese Theilung der Vena cephalica antibrachialis communis und die Wiedervereinigung der Vena cephalica antibrachialis interna und externa wird eine grosse venöse Schlinge gebildet, die Ansa cephalica antibrachialis magna, die nach der Verschiedenheit ihrer Gestalt bald mehr als eine dreiseitige, bald mehr als eiförmig verlängerte, bald mehr als eine spindelförmige erscheint. Die Vena cephalica brachialis entsteht hiernach zwar in Regel nur mit einer Wurzel, nämlich dem nach Abgabe der Vena mediana zum Oberarm weitergehenden Zweige der Vena cephalica antibrachialis, nicht selten aber mit einer doppelten Wurzel, nämlich einer äussern der Fortsetzung der Vena cephalica antibrachialis externa, und einer innern der Fortsetzung der Vena cephalica anti-

---

[1]) Nouveaux éléments d'Anatomie descriptive et d'Embryologie. Paris 1868. 8. S. 475.

brachialis interna. nachdem diese die Vena mediana entsendet hat. In diesem letzteren Falle stellt die innere Wurzel besonders wenn ihr Anfang sich mehr gegen die Mitte der Vorder-Armfläche nähert auch schon eine sogenannte Vena mediana cephalica dar.

Die Vena cephalica brachialis bietet nach Verschiedenheit ihrer Stärke folgende Modificationen dar:

1) Sie erscheint als Vena cephalica brachialis adscendens. Diese ist entweder eine starke Fortsetzung der Vena cephalica antibrachialis communis nachdem diese die Vena mediana abgegeben hat, der sie an Stärke entweder gleichkommt oder wenig nachgiebt, oder sie entsteht als Fortsetzung der wieder vereinten Vena cephalica antibrachialis anterior und posterior.

2) Sie erscheint als eine Vena cephalica brachialis communicans. Diese verläuft zwar der ganzen Länge nach am Oberarm in der angegebenen Weise von der Vena mediana und dem obern Ende der Vena cephalica antibrachialis bis zur Vena axillaris, erscheint aber nur als ein schwächerer Verbindungszweig zwischen den ebengenannten Venen, bietet kaum noch die Hälfte der Stärke der Vena cephalica antibrachialis dar.

3) Sie erscheint als Vena cephalica brachialis descendens. Sie erreicht oben den Sulcus deltoideopectoralis nicht. In diesem liegt nur eine schwache Vena acromiopectoralis, welche kleinere Zweige vom grossen Brust- und Delta-Muskel aufnimmt und über dem kleinen Brust-Muskel in die Achselvene mündet. Erst unterhalb des Sulcus deltoideopectoralis beginnt die Vena cephalica brachialis descendens als ein schwaches Zweiglein bald höher bald tiefer, geht an der äussern Seite des Biceps, kleine Haut- und Muskel-Venen aufnehmend herab, und an Stärke allmählich etwas zunehmend unten in die Vena mediana oder in die Vena cephalica antibrachialis über.

Die Vena basilica antibrachialis geht aus dem Tractus ulnaris des Rete carpeum dorsale manus hervor, erscheint in manchen Fällen als Fortsetzung der Vena interossea dorsalis quarta (s. salvatella) und steigt an der Ulnarseite des Vorderarms bis in die Ellenbogen-Gegend fast grade gestreckt in die Höhe, neigt sich vor dem Condylus internus Ossis humeri weiter nach vorne und verbindet sich mit dem obern Ende der Vena mediana zur Vena basilica brachialis. Am Vorderarm ist die Vena basilica gewöhnlich nur ein schwächeres Gefäss. Erst in der Nähe des Ellenbogengelenks kurz vor der Verbindung mit der Vena mediana nimmt sie an Stärke zu, indem einige bedeutendere vom obern Ende der Rückenseite des Vorder-Arms kommende Zweige in sie übergehen.

Die aus der Vereinigung der Vena mediana und der Vena basilica antibrachialis hervorgehende Vena basilica brachialis ist in der Regel ein sehr bedeutendes Gefäss, welches bis zu dem gewöhnlich etwas unterhalb der Mitte der innern Seite des Oberarms gelegenen Foramen basilicum s. semilunare der Oberarmbinde oberflächlich gelegen in die Höhe geht, dann durch diese Oeffnung unter die Fascia brachialis tritt, unter dieser noch eine kürzere oder längere Strecke verläuft bevor sie sich mit einer Vena brachialis oder selbst erst mit der Vena axillaris verbindet. Wir haben demnach eine Vena basilica antibrachialis, eine Vena basilica brachialis superficialis und eine Vena basilica brachialis profunda zu unterscheiden. Letztere wird von der Fascia humeri verdeckt, schimmert aber gewöhnlich durch diese bläulich durch, wenn sie nicht grade blutleer ist. Sie ist die directe Fortsetzung der Vena basilica superficialis. Bei einer wie es scheint nicht häufig vorkommenden Varietät verlaufen zwei Venae basilicae brachiales am Oberarm der ganzen Länge nach neben einander und münden erst in die Achsel-Vene ein. Die eine liegt etwas weiter nach vorne, die andere etwas weiter nach hinten. Jene die Vena basilica brachialis anterior ist die Fortsetzung der Vena mediana, welche sich nicht mit der Vena basilica antibrachialis verbindet. Die Vena basilica brachialis posterior ist dagegen die Fortsetzung der mit der mediana nicht verbundenen Vena basilica antibrachialis.

Die Venae brachiales haben ihre Benennung danach erhalten, dass sie in ihrer Lage der Art. brachialis entsprechen, oder bei höherer Theilung derselben in die Art. radialis und die Art. ulnaris, diese in ihrem Verlaufe am Oberarm begleiten. Allgemein werden demnach, abgesehen von der Vena basilica brachialis, zwei Venae brachiales im engeren Sinne des Wortes angenommen, eine welche an der innern Seite der Armarterie, und eine welche an der äussern Seite derselben verläuft. Erstere ist die Vena brachialis interna s. ulnaris, letztere die Vena brachialis externa s. radialis. Die Verbindung dieser Venen untereinander, mit der Vena basilica brachialis, mit der Vena axillaris und ihr sonstiges Verhalten wird aber von den Anatomen sehr verschieden angegeben. Nach A. C. Bock[1]) ist die äussere die stärkere, die er desshalb auch die Vena brachialis major nennt, nach Hyrtl[2]) ist die äussere die schwächere, die innere die stärkere. Nach meinen Untersuchungen lassen sich folgende Bildungen unterscheiden, in denen die Venen mit besonderen Namen belegt zu werden verdienen, nämlich eine Vena brachialis radialis s. externa und eine Vena brachialis ulnaris s. interna, oder zwei Venae brachiales radiales und zwei Venae brachiales ulnares, eine Vena brachialis communis secundaria, eine Vena brachialis communis primaria s. suprema, und eine Vena brachialis infima.

Beide Venae antibrachiales radiales profundae, welche die Art. radialis am Vorderarm begleiten, vereinigen sich in der Regel vor dem Ellenbogen-Gelenk in der Tiefe gelegen zu einer Vena radialis communis. Ebenso vereinigen sich beide Venae antibrachiales profundae ulnares in der Regel in der Tiefe vor dem Ellenbogen-Gelenk zu einer Vena antibrachialis ulnaris communis. Sowohl die Vena antibrachialis communis radialis als die Vena ant. communis ulnaris, steigen weiter nach oben in die Höhe. Jene wird zur Vena brachialis radialis s. externa, diese zur Vena brachialis ulnaris s. interna. Beide fassen die Art. brachialis zwischen sich. In der Regel liegt die Vena brachialis radialis an der äussern, die Vena brachialis ulnaris an der innern Seite der Arterie. Die Stärke dieser beiden Venen in Vergleich zu einander variirt häufig. Daher kommen die verschiedenen Angaben der Schriftsteller hierüber. Ich habe Gleichheit der Stärke beider eben so oft als Ungleichheit derselben, und bei Ungleichheit eben so oft die äussere stärker gefunden als die innere und umgekehrt. Die Verschiedenheiten hängen vorzüglich davon ab, ob die Vena interossea antibrachialis communis ganz in die Ulnarvene oder in die Radialvene oder mit einem Zweige in diese oder jene übergeht.

---

[1]) Darstellung der Venen. P. 133.

[2]) Handbuch der Anatomie. Neunte Ausgabe. P. 951.

In manchen Fällen geht die ganze Vena interossea communis in die Vena radialis profunda communis über, oder nimmt nach einander beide Venae radiales antibrachiales profundae auf und geht als Vena brachialis externa weiter aufwärts, wodurch diese Vene alsdann an Stärke ausserordentlich gewinnt. In andern Fällen geht die Vena interossea communis mit einem Zweige in die Vena radialis antibrachialis communis mit einem Zweige in die Vena ulnaris communis über. Auch wenn die Vena interossea vollständig in die Vena ulnaris communis übergeht, kann sich diese noch wieder vor dem Ellenbogen-Gelenke theilen und einen Zweig zur Vena radialis communis abgeben. In allen diesen Fällen wird die Vena radialis communis und ihre Fortsetzung die Vena brachialis externa wesentlich, bald in höherem bald in geringerem Grade verstärkt, und erlangt dadurch das Uebergewicht über die Vena brachialis interna.

Vena brachialis communis primaria nenne ich die Bildung, wenn die drei grösseren tieferen die Art. brachialis in der Regel eine kürzere oder längere Strecke begleitenden Venen, nämlich die Vena brachialis basilica profunda, die Vena brachialis interna und die Vena brachialis externa sich zu einem Stamme vereint haben, der weiter in die Höhe geht und in die Achsel-Vene sich fortsetzt.

Die Vena brachialis communis secundaria wird nur durch Vereinigung zweier der genannten drei Venen gebildet, nämlich:

a) Durch die Vereinigung der Vena brachialis interna und externa. Erst aus der Vereinigung des hierdurch gebildeten Stammes mit der Vena basilica brachialis profunda geht die Vena brachialis communis primaria hervor.

b) Durch die Vereinigung der Vena brachialis basilica mit der Vena brachialis interna. Aus der Vereinigung des hierdurch gebildeten Stammes mit der Vena brachialis externa entsteht alsdann die Vena brachialis communis primaria. Nicht immer kommt es zur Bildung der letzteren, weil die Verbindung der Vena brachialis externa mit der Vena brachialis communis secundaria nicht eintritt, die Vena brachialis externa am obern Dritttheil des Ober-Arms die Vena profunda brachii aufnimmt, hierdurch verstärkt weiter in die Höhe geht, noch die Vena circumflexa humeri posterior und die Vena subscapularis empfängt und endlich in die Vena axillaris übergeht. Eingeleitet wird diese Bildung gleichsam durch eine Uebergangsform, die darin besteht, dass die Vena subscapularis, oder die Vena circumflexa humeri posterior durch einen von oben nach unten fast grade oder etwas gewunden verlaufenden Zweig mit der Vena profunda brachii oder direct mit einer Vena brachialis sich verbindet. Ich nenne diese häufig vorkommende Anastomose Vena communicans brachialis profunda suprema.

Die Vena collateralis radialis brachii zeichnet sich in manchen Fällen durch ihre besondere Stärke aus, kommt oberhalb des Ellenbogen-Gelenkes zwischen dem Musculus brachialis internus und Musculus supinator longus aus der Tiefe hervor und bildet eine Anastomose zwischen der Vena profunda brachii und der Vena cephalica brachialis oder der Vena mediana. Ich nenne sie Vena profunda brachii communicans infima. Sie geht in andern Fällen als eine starke Vene am Ellenbogen-Gelenk vorbei und erscheint als directe Fortsetzung der Vena cephalica antibrachialis posterior. Oesterreicher[1]) hat einen Fall dieser Art abgebildet in welchem die eben genannte Vene bis an den Tractus ulnaris des Rete carpeum dorsale herabreichte, so dass zwischen diesem und der Vena axillaris mittelst der Vena profunda brachii eine directe Communication entstand.

Die Vena brachialis infima ist eine, zwar in der Regel nicht vorhandene doch ziemlich häufig vorkommende Vene, welche als Fortsetzung der Vena collateralis ulnaris inferior vor dem Condylus internus humeri hervorgeht, oder als Fortsetzung einer Vena ulnaris anti-brachialis wenn beide Venae ulnares sich nicht zu einer Vena ulnaris communis vereint haben, in die Höhe steigt, seltener vor, öfter hinter das untere Ende der Art. brachialis zwischen dieser und dem Musculus brachialis internus gelangt und etwas unterhalb der Mitte des Oberarms oder etwas oberhalb derselben in die Vena brachialis externa oder in die Vena brachialis interna oder in die Vena brachialis communis secundaria einmündet. In diesem Falle sind mit Einschluss der Vena brachialis basilica vier Venae brachiales an dem untern Theile des Oberarms vorhanden, von denen drei in nächster Nähe der Art. brachialis sich befinden. Die eine liegt an der äussern, die andere an der innern, die dritte an der vordern oder an der hintern Seite der Art. brachialis. M. J. Weber[2]) sah sechsmal eine Verminderung der Zahl der Venae brachiales dadurch eintreten, dass die Vena radialis communis und die Vena ulnaris communis gleich oberhalb des Ellenbogen-Gelenks zu einem $2^1/_2$ bis 3 Linien dicken Stamm sich vereinig-ten, welcher als Vena brachialis externa an der äussern Seite der Art. brachialis in die Höhe stieg. Eine partielle Verminderung der Zahl der Venae brachiales zu einer Vena brachialis infima anterior habe ich in mehreren Fällen beobachtet in welchem die Vena radialis communis und die Vena ulnaris communis vor dem Ellenbogen-Gelenk zu einem kurzen Stamm sich ver-einigten, der nach einem Verlaufe von 4—6 Linien aufwärts sich wieder in die Vena brachialis interna und die Vena brachialis externa theilte. Diese verliefen weiter wie gewöhnlich, erstere an der äussern, letztere an der innern Seite der Arteria brachialis. Eine Verdoppelung der Venae brachiales fand ich bei hoher Theilung der Art. brachialis am obern Ende des Ober-Arms in die Art. ulnaris und die Art. radialis. Zwei Venae brachiales begleiteten die Arteria ulnaris, zwei Venae brachiales die Art. radialis am Oberarme wie dies gewöhnlich sonst erst am Vorder-Arme der Fall ist.

Bei der gewöhnlichen Anordnung der Venae brachiales, wenn die eine an der äussern, die andere an der innern Seite der Art. brachialis verläuft, geht die Vena brachialis externa in der Regel hinter der Arterie von der Radial- zur Ulnar-Seite hinüber, um sich mit der innern Brachial-Vene zu verbinden. Es kommt aber auch das umgekehrte Verhältniss vor, indem die Vena brachialis interna hinter oder vor der Art. brachialis an die Radial-Seite der-selben hinübergeht, um sich hier mit Vena brachialis externa zu verbinden. — Sonstige Anastomosen zwischen der äussern und innern Brachial-Vene kommen in deren Verlaufe an den verschiedensten Stellen vor. Nuhn[3]) giebt eine Abbildung einer solchen Anastomose,

[1]) Dr. H. Oesterreicher, Anatomischer Atlas des menschlichen Körpers. Neu bearbeitet von M. Erdl. München 1852. Fol. Tab. XLV. Fig. I. b.

[2]) A. a. O. Bonn 1842. 8. S. 273.   [3]) Dr. Anton Nuhn, Chirurgisch-anatomische Tafeln. Zweite Abtheilung. Tab. XXIX. Fig. 2.

welche in querer Richtung grade vor dem untern Ende der Art. brachialis an der Bifurcation derselben in die Art. radialis und ulnaris lag. In andern Fällen liegen diese Anastomosen hinter der Arterie oder umgeben sie ringförmig. Es ist nicht selten, dass doppelte oder mehrfache Anastomosen nahe an einander grenzen und netzartig theilweise oder ganz die Arterie umspinnen. Es entsteht dadurch ein Plexus venosus praearteriosus oder postarteriosus oder Plexus venosus annularis. Stärker entwickelt kommt ein solches Netz öfters grade im Ellenbuge vor der Bifurcation der Art. brachialis in die Art. radialis und Art. ulnaris vor. Ich nenne es Rete cubitale venosum profundum praearteriosum.

Als Ellenbogen-Gegend im engeren Sinne des Wortes bezeichne ich einen Raum, der zwischen einer obern und untern Querlinie liegt, welche in grader Richtung von der innern zur äussern Seite quer über der vordern Fläche der obern Extremität gezogen werden. Die obere Querlinie habe ich als Linea cubitalis intercondyloidea bezeichnet. Sie erstreckt sich vom Condylus internus Ossis humeri (Epitrochleus) zum Condylus externus dieses Knochen (Epicondylus), und geht grade über dem Processus cubitalis oder dem Gelenkfortsatz des untern Endes des Oberarms fort.

Die untere Querlinie kreuzt die obern Enden beider Vorderarmknochen unterhalb des Tuberculum Radii und des Tuberculum subcoronoideum Ulnae und kann danach Linea cubitalis infratubercularis genannt werden.

Die Länge dieser Regio cubitalis (von oben nach unten) variirt nach Verschiedenheit der Grösse der Menschen bei Erwachsenen von $1\frac{1}{2}$ bis $2\frac{1}{2}$ Zoll oder selbst etwas darüber. Durch eine in querer Richtung bei gestrecktem Vorderarm von der Radial- zur Ulnar-Seite über der Mitte der Gelenkverbindung gezogene Linie (Linea interarticularis cubitalis) zerfällt diese Gegend in eine kleinere Pars supraarticularis und eine grössere Pars infraarticularis. Vergl. den Holzschnitt Fig. I.

Fig. I.

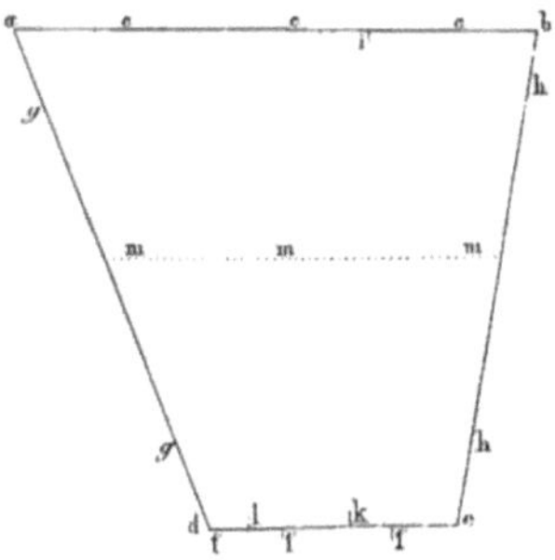

Fig. I. Lineare Darstellung der wichtigsten Begrenzungen der Regio cubitalis von der linken obern Extremität. a. Der Condylus internus Ossis humeri. b. Der Condylus externus Ossis humeri. c. c. c. Die Linea intercondyloidea. d. Der Ulnar-, e. der Radialrand des Vorderarms seitlich von dem untern Ende des Tuberculum subcoronoideum Ulnae und vom unteren Ende des Tuberculum Radii. f. f. f. Die Linea subtubercularis. g. g. g. Eine Linie bezeichnend den Ulnarrand der Regio cubitalis in grader Richtung abwärts gezogen vom innern Ende der Linea intercondyloidea zum innern Ende der Linea subtubercularis. h. h. Eine Linie bezeichnend die Radial-Seite der Regio cubitalis. i. Die Andeutung der Linie, welche abwärts zur Grenze zwischen der Eminentia capitata und der Trochlea des Os humeri führt. k. Das Tuberculum Radii. l. Das Tuberculum subcoronoideum Ulnae. m. m. m. Die punktirt dargestellte Linea interarticularis, welche die Regio cubitalis superior und inferior sondert.

Die in der Regio cubitalis für die nähere Bestimmung der Lage der wichtigeren Blutgefässe und Nerven befindlichen Muskeln und Sehnen sind das unterste Ende des gemeinschaftlichen Muskelbauches oder der Tendo communis des Musculus biceps brachii, der äussere und der innere Rand dieser Sehne, das Crus aponeuroticum und der Tendo flexorius (die an dem Tuberculum Radii sich inserirende Sehne) des Biceps, der obere Theil des Musculus pronator teres mit seinem äusseren freien Rande, und ein Theil des Musculus supinator longus mit seinem freien inneren Rande.

In früherer Zeit wurde von den Anatomen nur eine Vena mediana, jetzt werden deren mehrere, eine Vena mediana cubitalis superficialis, eine Vena mediana cubitalis profunda s. communicans, eine Vena mediana antibrachialis s. antibrachialis communis, eine Vena mediana cephalica und eine Vena mediana basilica angenommen.

Die Vena mediana cubitalis superficialis ist die in der Regel d. h. in der bei weitem grösseren Mehrzahl der Fälle vorkommende Form. Sie verläuft schräg, von der Radial-Seite zur Ulnar-Seite aufsteigend, vor dem Ellenbogen-Gelenk vorüber. Nach ihrer Richtung habe ich sie specieller Vena mediana cubitalis superficialis obliqua bezeichnet. Sie beginnt unterhalb des Ellenbogen-Gelenks (in der Regio cubitalis infraarticularis) an der Radial-Seite an der Bifurcation der Vena cephalica antibrachialis in die Vena mediana und in die Vena cephalica brachialis, und endet an der Ulnar-Seite oberhalb des Ellenbogen-Gelenks dort wo sie sich mit der Vena basilica antibrachialis zur Vena basilica brachialis verbindet. Sie ist in der Regel die stärkere Wurzel der letzteren und ist desshalb vielmehr als eine blosse Anastomose[1].

Die Stärke der Vena mediana superficialis cubitalis beträgt nach Krais[2] $1\frac{1}{2}$ Linien öfters aber 2—3 Linien, ihre Länge 1 Zoll 3 Linien, meist aber 2—3 Zoll. Hiermit stimmen auch meine eigenen Untersuchungen im Wesentlichen überein. Aber nicht grade selten kommt auch eine bedeutendere Stärke und eine bedeutendere Länge vor. Eine bedeutendere Stärke als die angegebene wird besonders bedingt durch stärkere Ausbildung und grössere Zahl der in die Vena mediana superficialis obliqua einmündenden zuführenden Gefässe. Diese zuführenden Gefässe (Venae afferentes) sind kleinere oberflächliche Haut-Venen, welche an der vordern Fläche des Ober-Armes herabsteigen, grössere aufsteigende Venae superficiales longitudinales adscendentes (V. l. s. interna, media, externa), vorzüglich aber die Vena mediana cubitalis profunda.

A. C. Bock[3] giebt die Abbildung einer starken Anastomose, welche aus der Tiefe der Ellenbeuge hervorkommt und den Anfang der Vena mediana obliqua superficialis mit der Vena radialis antibrachialis communis verbindet. Diese Anastomose hat Führer[4] später Vena mediana profunda genannt. Gewöhnlich wird sie wie von M. J. Weber[5], Arnold[6], Theile[7] und andern Anatomen nur als einfache oder mehrfache anastomosirende Vene

---

[1] Wenn in dieser Schrift einfach von einer Vena mediana die Rede ist, so meine ich damit die eben specieller als Vena mediana obliqua superficialis characterisirte.

[2] Albert Krais, die chirurgische Anatomie der Ellenbogenbeuge mit besonderer Rücksicht auf das Aderlassen. Tübingen 1847. 8. S. 24.

[3] A. a. O. Tab. XII. Fig. I. Auf der Tafel ist die Vene nicht besonders bezeichnet aber naturgetreu in ihrem Verhalten dargestellt, so dass sie nicht verkannt werden kann. [4] F. Führer, Handbuch der chirurg. Anatomie. Erste Abth. Berlin 1857. 8. S. 545. [5] A. a. O. S. 239. [6] A. a. O. 288. [7] A. a. O. S. 292.

zwischen der Vena mediana und den tiefern Venen des Ellenbogen-Gelenks bezeichnet. Sie erreicht nicht selten eine sehr bedeutende Stärke, welche davon abhängt ob sie nur ein Verbindungsast mit der Vena radialis antibrachialis externa oder mit der Vena radialis antibrachialis communis ist, oder selbst als die stärkere Fortsetzung der letzteren erscheint. Sie ist nicht eine blosse Anastomose, sondern eine wichtige zuführende Vene. Ich habe sie bis zu einer Stärke von mehr als 4 Linien in Fällen gefunden, in denen ein starker Zweig aus der Vena interossea communis, oder dem obern Ende der Vena ulnaris antibrachialis externa in die Vena radialis antibrachialis communis überging, und die stärkere Fortsetzung der letzteren zur Vena mediana profunda wurde, während der schwächere weiter aufwärts gehende Zweig in die Vena brachialis externa sich verlängerte. Die Vena mediana profunda geht in der Regel in den Anfang (d. h. das untere oder äussere Ende) der Vena mediana obliqua superficialis über, ausnahmsweise 1 Linie oder ein Paar Linien oberhalb derselben, oder, was seltener ist, noch weiter aufwärts. Nur selten fehlt die Vena mediana profunda an den bezeichneten Stellen. Sie wird alsdann ersetzt durch einen Zweig der aus der Vena radialis communis antibrachii oder dem obern Ende der Vena radialis externa antibrachii entspringt, und in das obere Ende der Vena cephalica antibrachii in geringer Entfernung von dem untern Ende der Vena mediana superficialis obliqua oder in den Anfang der Vena cephalis brachialis übergeht. In einem Falle fand ich, dass die Vena med. superficialis obliqua schon in der Mitte der Radial-Seite des Vorderarmes entsprang, und von hier schräg an der vordern Seite des Vorderarms weit unterhalb des Ellenbuges zur innern Seite des untern Endes des Oberarmes in die Höhe ging, und sich hier wie gewöhnlich mit der Vena basilica verband. Die Vena med. obliqua war nur ein sehr dünner Zweig der Vena cephalica antibrachialis. Diese setzte sich weiter aufwärts in die Vena cephalica brachialis fort und nahm an der Stelle die Vena mediana profunda auf, an welcher sonst die Theilung in die Vena med. superficialis und V. cephalica brachialis stattfindet.

Ausserordentlich selten finden sich zwei Venae medianae profundae, die eine an der Stelle, wo sie gewöhnlich an der Radial-Seite vorkommt, die andere an der Ulnar-Seite. In einem derartigen Falle, bei einer starken Entwickelung der Venen der oberen Extremität überhaupt, fand ich die Dicke der Vena mediana cubitalis superficialis obliqua in einer Stärke von $4\frac{1}{2}$ Linien bei einer Länge von 2 Zoll. Die Vena basilica antibrachialis nahm an ihrem obern Ende vor ihrer Vereinigung mit der Vena mediana superf. obliqua einen starken Ramus anastomoticus von der Vena ulnaris communis auf. Es war eine Vena brachialis infima postica vorhanden, welche aus der Vena collateralis ulnaris hervorging, etwas unterhalb der Mitte des Oberarmes mit der Vena brachialis interna zu einem 3 Linien langen Stamm sich verband. Dieser mündete in den hinteren Umfang der Vena brachialis basilica, woraus eine Vena brachialis communis secundaria entstand. Etwas oberhalb der Mitte des Oberarms nahm letztere dann die Vena brachialis externa auf. Die Fortsetzung dieser Verbindung war die Vena brachialis communis primaria, welche in die Vena axillaris sich verlängerte. In einem andern Falle, in welchem 2 Venae medianae cubitales superficiales, eine stärkere inferior und eine schwächere superior vorhanden waren, welche beide 4 Linien vor dem Uebergang in die Vena basilica brachialis zu einer kurzen Vena mediana superficialis communis sich verbanden, betrug die Dicke der letzteren 5 Linien. Die Vena cephalica antibrachialis war ausserordentlich stark und theilte sich an der gewöhnlichen Stelle in die Vena mediana cubitalis superficialis (hier eine inferior) und die Vena cephalica brachialis. Vier Linien oberhalb dieser Stelle kam aus der Vena cephalica brachialis ein nur 2 Linien langer, aber ziemlich starker Ast, der sich wieder in zwei Zweige, einen tiefen und einen oberflächlichen theilte. Der in die Tiefe dringende verband sich als Ranus communicans (s. Vena mediana profunda) mit der Vena radialis communis, der oberflächliche verlief als Vena mediana cubitalis superficialis superior (accessoria) 2 Zoll und verband sich alsdann mit der Vena mediana cubitalis superficialis inferior. Diese war $4\frac{1}{2}$ Linien dick, nahm an ihrem Anfange eine 2 Linien dicke Vena longitudinalis superficialis antibrachialis anterior media, in ihrer Mitte noch einen zweiten Ranus antibrachialis superficialis medius auf. Die Vena brachialis externa und interna fassten in gewöhnlicher Weise die Art. brachialis zwischen sich, waren aber in dem Ellenbogen-Gelenk durch ein von oben nach unten 6 Linien hohes aus 4—5 Zweigen bestehendes Rete venosum cubitale praearteriosum verbunden.

Gewöhnlich ist nur eine Vena mediana cubitalis superficialis obliqua simplex vorhanden, welche den angegebenen Verlauf nimmt. Vermehrung ihrer Zahl ist aber auch eine nicht selten vorkommende Varietät. Es lassen sich im Allgemeinen in dieser Beziehung eine Vena mediana cubitalis superficialis simplex, semiduplex, duplex und triplex unterscheiden.

Bei einer Vermehrung der Venae medianae übertrifft eine derselben in der Regel die andern und kann in diesem Falle als die Vena med. sup. obliqua princeps bezeichnet werden. Sie repräsentirt in ihrem Ursprung, Verlauf und Ende gewöhnlich die sonst einfache normale Median-Vene. In diesem Falle sind die andern als Venae accessoriae zu betrachten. Liegt eine Vena accessoria unterhalb der grösseren so ist sie demnach eine mediana superficialis accessoria inferior, liegt sie über der Vena princeps so ist sie eine Vena accessoria superior. Liegen 2 accessorische Venae medianae aufwärts von der Vena mediana princeps, so würde die eine Vena accessoria media, die zweite Vena accessoria suprema zu nennen sein.

Vena mediana superficialis transversa nenne ich die Form, bei welcher die Vena cephalica und basilica antibrachialis vor dem Ellenbogen-Gelenk oder etwas unterhalb desselben einander sich nähern und durch einen quer verlaufenden Zweig unter einander verbunden sind, der gewöhnlich nur schwach ist. Auf diese Bildung folgt diejenige, in der die Vena cephalica und Vena basilica antibrachialis in die gleichnamigen Venae brachiales übergehen, ohne durch eine Vena mediana verbunden zu sein, diese also gänzlich fehlt.

Gegen das Ende des vorigen und im Anfange des jetzigen Jahrhunderts gab es eine Vena mediana cephalica und eine Vena mediana basilica nicht. Sie fehlt noch bei Sömmerring[1]), Rosenmüller[2]), Rosenthal[3]). Meckel[4]) bezeichnet an der Mittelarm-

---

[1]) S. Th. Sömmerring, Vom Baue des menschlichen Körpers. Vierter Theil. Gefässlehre. Frankfurt a. M. 1792. 8. [2]) Johann Christian Rosenmüller, Handbuch der Anatomie des menschlichen Körpers. Dritte Auflage. Leipzig 1819. 8. [3]) Fr. Rosenthal, Handbuch der chirurgischen Anatomie. Berlin und Stettin 1817. 8. [4]) J. F. Meckel, Handbuch der menschlichen Anatomie. Halle und Berlin 1817. 8. S. 142.

Blutader (Vena mediana), die er übrigens in der gewöhnlichen Weise als Verbindungs-Vene zwischen der Vena cephalica und der Vena basilica in Betreff ihres Verlaufs und ihrer Anastomosen beschreibt, den untern Theil als cephalische, den obern als basilische Mittelarm-Blutader, und fügt alsdann hinzu: Bisweilen steigt die Mittelarm-Blutader (Vena mediana communis) an der Beugeseite des Vorderarms zwischen der cephalischen und basilischen Armblutader, sich durch zahlreiche Anastomosen mit ihnen verbindend, empor. Bock[1]) (der Aeltere) beschreibt die Mittelarm-Vene ebenfalls wie die früheren Anatomen, sagt aber alsdann: Zuweilen steigt dieselbe als gemeinschaftliche Mittelarm-Vene (Vena med. communis) an der Beugeseite des Unterarmes in dem Unterarmgeflechte von unten, zwischen der cephalischen und basilischen Vene sich durch zahlreiche kleinere Aeste mit ihnen verbindend, ziemlich grade in die Höhe, und geht in 2 Aeste gespalten (Tab. 108, 1 und 6) in die Höhe. — Von diesen beiden Aesten geht die eine in das untere Ende der Vena cephalica brachialis, die andere in die Vena basilica über. Jene ist die gewöhnlich von späteren Anatomen Krause[2]), Arnold[3]) u. s. w. als Vena mediana cephalica, diese die als Vena mediana basilica aufgeführte Blutader.

Petrequin[4]) sagt: zwischen der Vena cephalica und basilica verläuft die Vena mediana communis in der Mittelfurche des Vorderarmes bis einen Zoll unter dem Ellenbogen, wo sie sich spaltet. Der äussere Zweig communicirt mit der Vena cephalica und hat den Namen Vena mediana cephalica erhalten; der innere Zweig, der in die Vena basilica mündet, heisst Vena mediana basilica. Die seitliche Bifurcation bildet ein Y und die Vereinigung der Anastomosen ein M. Ausserdem schickt die Vena mediana communis einen andern Zweig in die Tiefe, Vena perforans, der sich in die brachialis ergiesst.

Nach Führer finden sich in Betreff der Vena mediana cubitalis superficialis 2 Hauptformen, deren Verhalten im Wesentlichen folgendes ist:

1) Die Vena cephalica geht, um die Vena mediana profunda aufzunehmen, welche in der Mitte der Ellenbeuge aus der Tiefe der Grube hervortritt, diagonal durch die Ellenbeuge, schickt einen schwächeren Ast als Fortsetzung nach aussen herauf und mündet selbst über dem Condylus internus in die basilica Unter diesen Umständen ist nach Führer die Vena mediana superficialis unbedeutend.

2) Häufiger tritt eine Mediana superficialis in den untern Winkel der Ellenbeuge, nimmt die profunda auf und theilt sich in 2 Arme, welche gabelförmig das Ende des Biceps umfassen, und von denen der eine als Vena mediana basilica nach innen, der andere als Mediana cephalica nach aussen zum Oberarm und den Seitenstämmen sich hinbegiebt. Sie bilden in dieser Weise mehr oder weniger die Figur eines M.

---

[1]) A. C. Bock, Darstellung der Venen. Leipzig 1823. 8. S. 119.

[2]) C. F. Theodor Krause, Handbuch der menschlichen Anatomie. Hannover 1842. 8. S. 925.

[3]) Dr. F. Arnold, Handbuch der Anatomie des Menschen. Zweiter Band. Freiburg im Breisgau 1847. 8. S. 588.

[4]) J. E. Petrequin, Lehrbuch der medicinisch-chirurgischen und topographischen Anatomie. Aus dem Französischen übertragen von Dr. M. E. v. Gorup-Besanez. Erlangen 1845. 8. S. 367.

v. Luschka[1]) sagt: Verhältnissmässig selten stellt die Vena mediana einen stärkeren mehr oder weniger in der Mittel-Linie der Beugeseite des Vorderarmes aufsteigenden, im Plexus volaris manus wurzelnden Stamm dar, welcher sich am Anfange der Regio cubitalis anterior in zwei Schenkel theilt, die sich als Vena mediana cephalica und als Vena mediana basilica mit der Speichen- und Ellenbogenhaut-Vene unter Bildung einer M ähnlichen Figur verbinden. Gewöhnlich ist es vielmehr eine kurze aus der Tiefe der Fossa cubitalis auftauchende, die Fascie durchbohrende Vene, welche sich in die genannten Verbindungs-Aeste theilt, die dann ihrerseits erst etliche aus einem Plexus volaris antibrachii hervorgegangene Venen aufnehmen. — Nicht selten wird jene gabelige Theilung überhaupt gänzlich vermisst und nur eine einfache Vena anastomatica gefunden, welche mehr oder weniger schräg über den aponeurotischen Schenkel des Biceps von der Cephalica zur Basilica aufsteigt und gleichsam eine gabelige Theilung des ersteren Gefässes bezeichnet.

Nach diesen Angaben von Petrequin, Führer und v. Luschka soll am häufigsten die Bildung vorkommen in welcher sich eine Vena mediana cephalica und basilica im Sinne dieser Anatomen findet, die Bildung in welcher eine Vena mediana cubitalis superficialis obliqua sich findet dagegen die seltenere sein. Die Vena mediana cephalica und basilica sollen nach Petrequin und Führer die Aeste einer Vena mediana antibrachialis communis (Vena longitud. antibrachialis superficialis media mihi), nach v. Luschka der Vena mediana profunda sein. Ich muss die Annahmen dieser Anatomen über das häufigere Vorkommen einer Vena mediana cephalica und basilica als durchaus unrichtig bezeichnen. Kommt sie vor, so wird sie nicht oder sicher nur in den allerseltensten Fällen durch gabelige Theilung einer in der Mitte des Vorderarmes verlaufenden mittleren Längst-Haut-Vene hervorgebracht. Ich habe zwar öfters die sogenannte Vena mediana antibrachialis superficialis communis (V. longitudinalis superficialis antibrachialis media) von der Handwurzel bis zum Ellenbuge aufsteigend gefunden. Sie theilte sich aber nicht gabelig, sondern mündete von unten in die Mitte der Vena mediana cubitalis obliqua superficialis oder etwas ober- oder unterhalb der Mitte in dieselbe ein, welche übrigens in ihrem gewöhnlichen schrägen Verlauf über der Mitte der Ellenbeuge nichts geändert hatte. Krais[2]) hat mehrere Fälle dieser Art angegeben und das Verhalten hierbei durch ein Paar sehr guter Abbildungen erläutert.

Unrichtig ist die Angabe v. Luschka's, nach welcher der Ramus anastomoticus d. i. die Vena mediana profunda gleichsam als der Stiel erscheint, von dessen Spitze die Vena mediana cephalica und die Vena mediana basilica divergirend ausgehen. Die Vena mediana profunda geht zwar von innen in diese Bifurcation über, fällt aber hierbei zusammen mit der Bifurcation der Vena cephalica antibrachialis communis, oder der Vena cephalica antibrachialis anterior, oder einer Vena longitudinalis anterior superficialis externa. Die Vena mediana profunda verhält sich zu dem Anfange der Vena mediana cephalica und der Vena

[1]) Hubert von Luschka, Die Anatomie des Menschen mit Rücksicht auf die Bedürfnisse der practischen Heilkunde. Dritter Band 1. Abtheilung. Die Glieder. Tübingen 1865. 8. S. 233.

[2]) A. a. O. Fig. I. II.

mediana basilica ganz so wie zu dem Anfange der Vena mediana obliqua superficialis und der Vena cephalica brachialis. Hier wie dort fällt die sogenannte Bifurcation der Vena mediana profunda zusammen mit der Bifurcation der Vena cephalica antibrachialis in die Vena cephalica brachialis und Vena mediana obliqua superficialis. Sehr mit Unrecht lässt v. Luschka diese letztere allein aus einer Bifurcation der Vena cephalica antibrachialis entstehen. Bei der am allerhäufigsten und demnach als Regel vorkommenden Bildung einer Vena mediana superficialis obliqua ist die Verbindung derselben mit der Vena mediana profunda an der Bifurcation der Vena cephalica antibrachialis die Regel, der Mangel der Verbindung die Ausnahme. Die gabelige Theilung der Vena cephalica antibrachialis liegt in der Regel an der Radial-Seite der Regio cubitalis infraarticularis. Die Vena mediana profunda mündet wie bereits angedeutet worden ist, ausnahmsweise unterhalb der Bifurcation in die Vena cephalica antibrachialis, oder oberhalb der Bifurcation in die Vena cephalica brachialis, oder 1 Linie oder ein Paar Linien oberhalb der Bifurcation der Vena cephalica, äusserst selten weiter davon entfernt, in die Vena obliqua superficialis obliqua ein.

Mit der Bifurcation als solcher hat also der Uebergang der Vena mediana profunda in die Venae medianae superficiales keinen ursächlichen Zusammenhang. In Tübingen ist es auch nicht anders als an anderen Orten, wie dies aus den Beschreibungen und Abbildungen in der bereits citirten von Krais in Tübingen herausgegebenen Schrift unverkennbar hervorgeht. Krais hat von 25 Fällen das Verhalten der Vena mediana cubitalis superficialis beschrieben. Unter diesen war nur einer, nämlich der unter No. 24 angegebene, von dem eine Vena mediana cephalica und basilica jedoch ohne speciellere Bezeichnung des Ursprunges derselben vermerkt worden ist. Krais erwähnt hierbei ausdrücklich der Vena cephalica des Vorder-Armes, aber nicht der Vena mediana profunda, und es lässt sich hiernach auch nur annehmen, dass es die Vena cephalica antibrachialis gewesen, durch deren Theilung die Vena mediana cephalica und die Vena mediana basilica hervorgebracht worden ist. In allen andern 24 Fällen war eine einfache oder mehrfache Vena mediana cubitalis obliqua vorhanden. Die von v. Luschka sogar als Regel beschriebene Form der Venae medianae cubitales existiren demnach nicht.

Es kommt hiernach als Regel die Form der oberflächlichen Mittelhaut-Vene des Ellenbogen-Gelenks vor, welche ich als Vena mediana cubitalis superficialis obliqua bezeichnet habe. Der Anfang d. h. das peripherische Ende der Vena mediana superficialis obliqua ist in der Regel der eine End-Ast der Vena cephalica antibrachialis, der die oberflächliche Wurzel der Vena mediana bildet, während der andere End-Ast die einfache oder wenn eine Vena cephalica antibrachialis anterior und posterior vorhanden ist, die vordere Wurzel der Vena cephalica brachialis darstellt. In den Anfang der Mediana obliqua superficialis geht von der Tiefe aus in der Regel die Vena mediana profunda über. Die Vena mediana superficialis hat demnach in der Regel zwei Wurzeln, eine oberflächliche aus der Vena cephalica, eine tiefere nämlich die Vena mediana profunda. Diese Verbindungs-Stelle ist in der Regel nicht sichtbar so lange man die Lamina profunda der Fascia cubitalis nicht durchschnitten und die oberflächliche Wurzel etwas seitwärts gezogen hat. Diese beiden Wurzeln bilden in der Regel eine ziemlich bedeutende Erweiterung, in welche zwei Blutströme, ein tiefer und ein oberflächlicher Vorderarm-Blutstrom convergiren, und aus welcher zwei oberflächliche Blutströme zum Oberarm divergirend der eine in die Vena mediana superficialis, der andere in die Vena cephalica brachialis wieder hervorgehen. Die Erweiterung beträgt 4—6 Linien. Sie ist als eine Art peripherisches Venen-Centrum im Ellenbuge, welches vielleicht auch durch Contraction seiner Wandungen die beiden Blutströme, den cephalischen vorzüglich aber den oberflächlichen medianen zum Oberarm weiter befördern hilft. Ich nenne diese Erweiterung Nodus venosus cephalicomedianus s. Sinus cephalicomedianus. Sollte sich die angedeutete systolische Bewegung bestättigen, so würde die Bezeichnung Cor venosum cephalicomedianum gerechtfertigt erscheinen. Ausnahmsweise findet sich statt eines einfachen ein doppelter Nodus oder selbst die Andeutung eines Plexus nodosus, wie am Handgelenk umgekehrt statt des Plexus nodosus carpeus dorsalis ulnaris auch ein einfacher Nodus venosus carpeus ulnaris vorkommt, der sämmtliche Venen des Tractus ulnaris carpeus dorsalis aufnimmt, aufwärts die Vena basilica und die hintern Wurzel-Zweige der Vena cephalica entsendet. (Vergl. S. X.) — Am Anfange der Vena mediana superficialis obliqua ist die Gegenwart eines einfachen Nodus die Regel. Sein Fehlen, seine Duplicität oder sein Ersetzen durch einen Plexus oder die Andeutung eines solchen ist die Ausnahme.

Fig. II. *Barkow ad nat. del.*

Fig. III. *Barkow ad nat. del.*

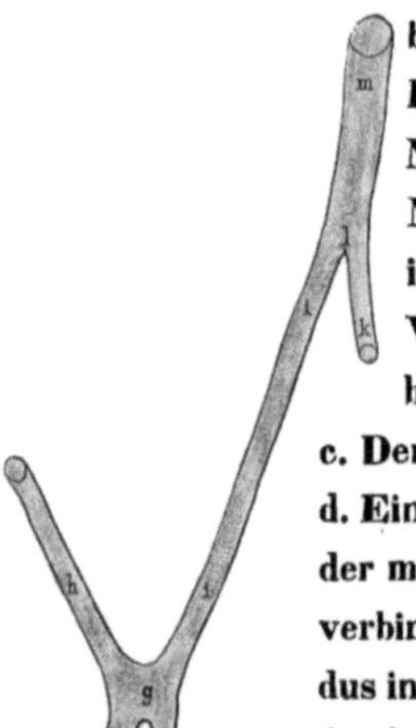

Fig. II. Die Venae cubitales der linken obern Extremität. a. Die Vena cephalica antibrachialis. b. Ein starker in dieselbe übergehender von der Rücken-Seite des Vorder-Armes kommender Zweig. c. Die Fortsetzung der Vena cephalica antibrachialis. d. Die Vena med. profunda. e. e. Der Anfang der Vena cephalica brachialis. f. Die weitere Fortsetzung derselben. g. Ein in dieselbe übergehender Hautzweig. h. Der Nodus ceph. medianus. i. i. i. Die Vena mediana superficialis obliqua. k. Die Vena bas. antibrachialis. l. Der Anfang der Vena bas. brachialis.

Fig. III. Die Venae cubit. von der rechten obern Extremität. Es sind zwei Nodi cephal. mediani, ein Nod. superior und ein Nod. inferior vorhanden. a. Die Vena ceph. antibrachialis. b. Die Vena med. profunda. c. Der Nodus cephalico med. inf. d. Ein starker Ranus muscularis der mit der Vena cephalica sich verbindet. e. f. Die aus dem Nodus inf. nach oben hervortretenden beiden Aeste. g. Der Nod. cephalico med. superior. h. Der Anfang der Vena cephalica brachialis. i. i. Die V. med. superficialis obliqua. k. Die V. basilica antibrachialis. l. Die Vereinigung der Vena med. obliqua mit der Vena bas. antibrach. m. Die V. bas. brach. superficialis.

Fig. IV. *Barkow ad nat. del.*

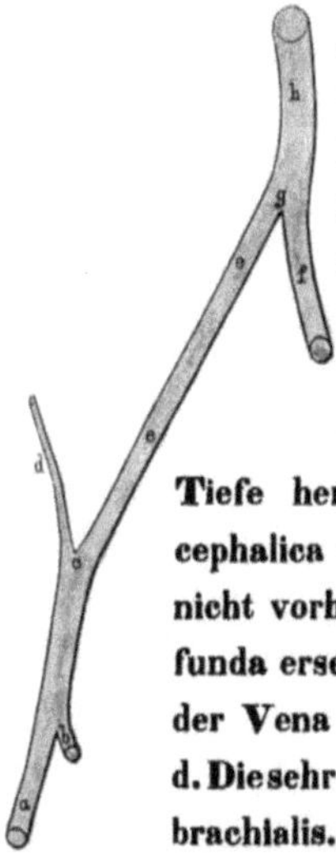

Fig. V. *Barkow ad nat. del.*

Fig. IV. Die Venae cubitales von der rechten obern Extremität. Ein Nodus cephalicomedianus ist nicht vorhanden. a. Die Vena cephalica antibrachialis. b. Die V. radialis antibrachialis profunda, welche aus der Tiefe hervorkam, in die Vena cephalica überging und die sonst nicht vorhandene Vena med. profunda ersetzte. c. Die Bifurcation der Vena cephalica antibrachialis. d. Die sehr schwache Vena cephalica brachialis. Sie erscheint nur als eine Vena ceph. brach. descendens, hatte nicht bis zur Mitte des Oberarmes hinaufgereicht. e. e. Die Vena med. superfic. obliqua. f. Die V. bas. brachialis. g. Die Verbindung derselben mit der Vena med. h. Die Vena basilica brachialis.

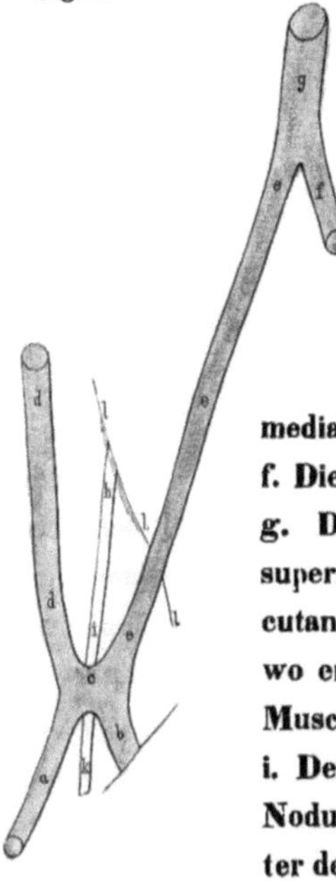

Fig. V. Die Venae cubitales von der rechten Seite. a. Die Vena cephalica antibrachialis. b. Die Vena mediana profunda. c. Der Nodus cephalico medianus. d. d. Die Vena cephalica brachialis. e. e. e. Die Vena mediana superficialis obliqua. f. Die Vena bas. antibrachialis. g. Die Vena bas. brachialis superficialis. h. Der Nervus cutaneus externus an der Stelle wo er am äussern Rande des Muscul. biceps hervorkommt. i. Derselbe etwas oberhalb des Nodus cephalico medianus, hinter dessen Mitte er tritt. k. Die Fortsetzung des Nerven unterhalb des Nodus. l. l. l. Der äussere Rand der Sehne des Biceps.

Fig. VI. *Barkow ad nat. del.*

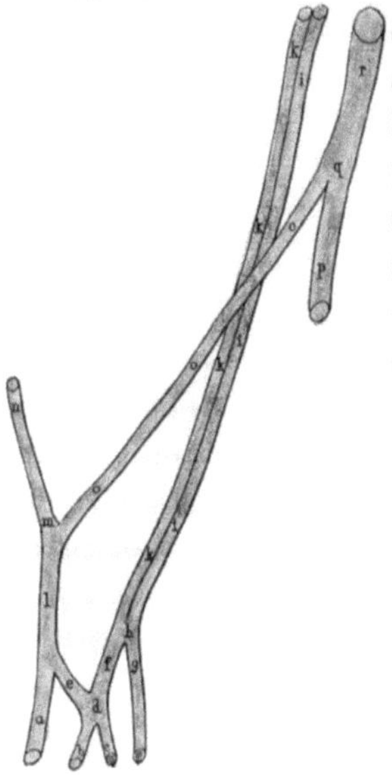

Fig. VI. Die Venae cubitales von der rechten obern Extremität. Ein Nodus cephalicomedianus war nicht vorhanden. a. Die Vena cephalica antibrachialis. b. Die Vena radialis antibrachialis profunda externa. c. Die Vena radialis antibrachialis profunda interna. d. Die Vereinigung beider Venae radiales antibrachiales profundae zu einem kurzen Nodus radialis communis, aus dem nach oben zwei Venen hervorkommen von denen die eine mit e. bezeichnete, als Ersatz für die sonst nicht vorhandene Vena mediana profunda, in die Vena cephalica antibrachialis übergeht, die andere mit f. bezeichnete als Vena radialis antibrachialis profunda sich fortsetzt in die Vena brachialis externa. g. Die Vena ulnaris antibrachialis profunda communis. h. Ein kurzer Nodus radioulnaris communis, gebildet durch die Vereinigung der beiden Venae profundae antibrachiales communes, aus dem nach oben die beiden Venae brachiales profundae hervortreten. i. i. i. Die Vena brachialis profunda interna. k. k. k. Die Vena brachialis profunda externa. l. Das obere Ende der Vena cephalica antibrachialis. m. Die Bifurcation derselben. n. Der

Anfang der Vena cephalica brachialis. Diese erschien als eine Vena cephalica brachialis communicans. Von mittlerer Stärke verlief sie doch bis zum obern Ende des Oberarms, trat in den Sulcus deltoideo-pectoralis, und mündete in die Vena axillaris ein. o.o.o. Die Vena mediana superficialis obliqua. p. Die Vena basilica antibrachialis. q. Die Vereinigung derselben mit der Vena mediana. r. Die Vena basilica brachialis superficialis.

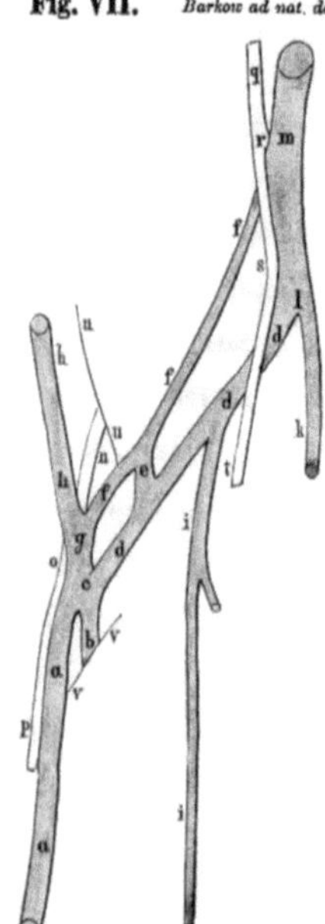

Fig. VII. Die Venae cubitales von der rechten Seite. Es ist eine doppelte Vena mediana superficialis obliqua vorhanden, eine inferior stärkere, und eine schwächere superior. Beide Venae medianae superficiales sind etwas unterhalb ihrer Mitte durch eine Anastomose verbunden. a. Die Vena cephalica antibrachialis. b. Die Vena mediana profunda. c. Der Nodus cephalicomedianus. d.d.d. Die Vena mediana superficialis obliqua inferior. e. Die Vena communicans intermediana. f.f.f. Die Vena mediana superficialis obliqua superior. g. Der Anfang der Vena cephalica brachialis oberhalb des Nodus cephalico-medianus. h.h. Die Fortsetzung der Vena cephalica brachialis nach Abgabe der Vena mediana obliqua superficialis superior. i.i. Die Vena longitudinalis antibrachialis superficialis media. Sie verlief fast der ganzen Länge nach in der Mitte des Vorderarms, in der Regio cubitalis neigte sie sich weiter nach innen und oben, und ging in die Vena mediana obliqua inferior über. k. Die Vena basilica antibrachialis. l. Die Vereinigung derselben mit der Vena mediana obliqua inferior. m. Die Vena basilica brachialis superficialis. n. Der Nerv. cutaneus externus nachdem er am äusseren Rande der Biceps-Sehne hervorgekommen ist. Er liegt hier gleichweit entfernt zwischen dem untern Ende der Vena mediana superficialis obl. superior und der Vena cephalica brachialis ohne diese zu berühren, tritt aber dann hinter dieselbe an der Stelle wo sie die obere Median-Vene abgegeben hat um an die äussere Seite der Vena cephalica zu gelangen, an welcher sie nahe anliegt. o. Der Verlauf des Nerven an dem Anfang der Vena cephalica brachialis. p. Die Fortsetzung des Nerven neben der Vena cephalica antibrachialis. q. Der Nervus cutaneus medius an der äussern Seite der Vena basilica brachialis. r. Die Stelle wo er den Ramus ulnaris abgiebt der hinter die Vena basilica tritt. s. Der Ramus palmaris des Nerven an der äussern Seite der Vena basilica brachialis nachdem er vor dem Anfange der Vena mediana obliqua superior herabgegangen ist. t. Die weitere Fortsetzung desselben am Vorderarm, nachdem er vor dem obern Ende der Vena mediana obliqua inferior herabgegangen ist. u.u. Der äussere Rand der Biceps-Sehne. v.v. Der äussere Rand des Pronator teres.

Fig. VIII. Die Venae cubitales von der rechten Seite. Es ist eine Vena cephalica antibrachialis anterior und posterior vorhanden, welche eine ziemlich grosse Ansa cephalica bilden. a. Die Vena cephalica antibrachialis posterior. b. Die Vena cephalica antibrachialis anterior. c.c.c. Die Fortsetzung der letzteren bis unterhalb des Nodus cephalico-medianus.

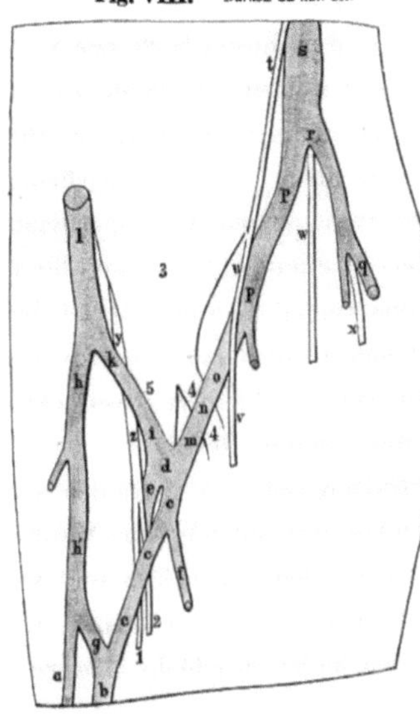

d. Dieser Nodus. e. Die Vena mediana profunda. f. Eine Vena antibr. longitudinalis superficialis externa, welche in die Vena cephalica antibr. anterior übergeht. g. Eine Anastomose zwischen der Vena cephalica antibrachialis anterior und posterior. h. h. Die Fortsetzung der Vena cephalica antibrachialis posterior als hintere Wurzel der Vena cephalica brachialis. i. k. Die vordere Wurzel der Vena cephalica brachialis. l. Die Vena cephalica brachialis. m. Der Anfang der Vena mediana superficialis obliqua. n. Die Fortsetzung derselben grade vor dem Crus aponeuroticum des Biceps. o. Die weitere Fortsetzung derselben gleich oberhalb des Crus aponeuroticum. p. p. Die obere Hälfte dieser Vene. q. Die Vena basil. antibrachialis. r. Die Vereinigung derselben mit der Vena mediana obliqua superficialis. s. Die Vena basilica brachialis superficialis. t. u. v. Der Ramus palmaris des Nervus cutaneus medius der grade vor der Mitte der Vena mediana obliqua superficialis herabgeht. w. Der Ramus ulnaris des Nervus cutaneus medius der hinter der Vena basilica brachialis superficialis niedergeht, und in dem Winkel an den Vorder-Arm gelangt, welcher durch die Vereinigung der Vena mediana obliqua superf. und der Vena basilica antibrachialis gebildet wird. x. Ein hinter dem obern Ende der Vena basilica antibrachialis herabgehender Zweig des Nervus cutaneus medius. y. Der Nervus cutaneus externus am äussern Rande der Sehne des Biceps. Er geht hinter der vordern Wurzel der Vena cephalica brachialis herab und kommt bei z. am äussern Rande des Nodus cephalicomedianus zum Vorschein. 1.2. Zweige des Nerven, welche weiter abwärts an den Vorderarm gelangen.

Fig. IX. Die Venae cubitales von der rechten Seite. Es ist zwar eine Vena cephalica antibrachialis anterior und posterior vorhanden, die Vena cephalica brachialis hat demnach eine vordere und hintere Wurzel. Letztere ist aber nur sehr kurz und dünn. a. Die Vena cephalica antibrachialis communis, welche sehr stark ist und die mit b. bezeichnete dünne und kurze Vena cephalica posterior abgiebt. Die kurze aber starke Vena cephalica anterior, die Fortsetzung der Vena cephalica communis ist nicht besonders bezeichnet. c. Der starke Nodus cephalicomedianus. d. Die starke Vena mediana profunda. e. Die vordere Wurzel der Vena cephalica brachialis. f. f. Die starke Vena cephalica brachialis. g. g. Die Vena mediana obliqua superficialis. h. h. Die Vena basilica antibrachialis. i. Der Anfang der Vena basilica brachialis. k. Ein

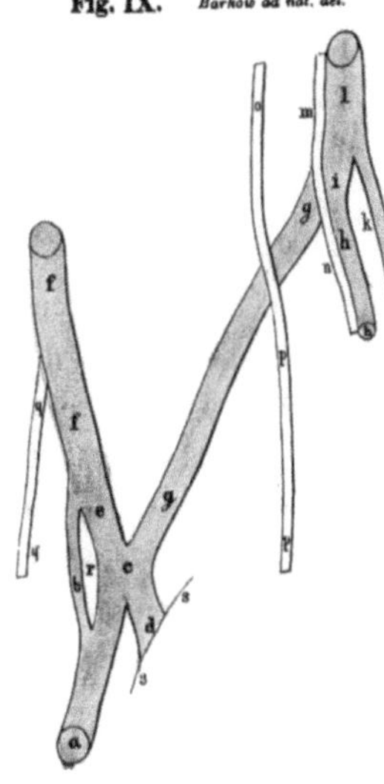

ziemlich starker in die mit l. bezeichnete Vena basilica brachialis übergehender Hautzweig. m. n. Der Ramus ulnaris des Nervus cutaneus medius, welcher an der innern Seite der Vena basilica brachialis und antibrachialis und vor dem obern Ende der Vena mediana obliqua superficialis herabgeht. o. p. p. Der Ramus palmaris des Nervus cutaneus medius, welcher weiter abwärts aber noch vor dem obern Dritttheil der Vena mediana obliqua superficialis hinabgeht. Die bei weitem grössere untere Hälfte der Vena mediana obliqua superficialis kommt nicht in Berührung mit einem Nerven. q. q. Der Nervus cutaneus externus der in einer bedeutenden Strecke oberhalb des Nodus hinter der Vena cephalica brachialis niedergeht. Diese und ihre vordere stärkere Wurzel zusammen kommen in einer Strecke von 1 Zoll 3 Linien nicht in Berührung mit dem Nerven. r. Der von der kleinen Ansa cephalica umschlossene Raum. s. s. Der äussere Rand des Musculus pronator teres.

Die Form, welche von anderen Anatomen als Vena mediana cubitalis cephalica und basilica bezeichnet worden ist, in der vor der Mitte des Ellenbuges eine aufsteigenbe Vorderarm-Vene sich gabelig in 2 Schenkel theilt, die gleichmässig nach oben divergiren und von denen der eine an der innern, der andere an der äussern Seite des Biceps verläuft, von denen jener in die Vena basilica brachialis, dieser in die Vena cephalica brachialis übergeht, kommt, wenn auch nicht so häufig wie dies in neuerer Zeit angenommen worden ist, doch auch nicht grade sehr selten vor. Es fragt sich woraus diese eigenthümliche Gestaltung hervorgeht, da eine grade in der Mitte des Vorderarms aufsteigende Vena longitudinalis antibrachialis superficialis media sie nicht bedingt. Bei der Beantwortung dieser Frage hat man die Aenderung zu beachten, welche die venösen Gefässzüge an der Hand, dem Vorderarm und vor dem Ellenbogen-Gelenk darbieten. Auf dem Handrücken geht der stärkere Zug, der Tractus venosus ulnaris von der Radial- zur Ulnar-Seite aufwärts. Auf der Rückenseite des unteren Endes des Vorderarmes ändert ein Theil der aus dem Tractus venosus carpeus ulnaris kommenden Zweige die Richtung. Sie gehen von der Ulnar- zur Radial-Seite hinüber. An der vordern Seite des Vorderarms und des Ellenbuges ändert sich die Richtung des Zuges von neuem und geht von der Radial- zur Ulnar-Seite. Den höchsten Ausdruck dieser von der Radial- zur Ulnar-Seite aufsteigenden Richtung, die wohl in Beziehung zur Pro- und Supination des Vorder-Armes steht, liefert die Vena mediana cubitalis superficialis obliqua. Indem die Vena cephalica antibrachialis die genannte Vena mediana abgiebt, neigt sie sich stets weiter nach vorne in der Richtung gegen die Mitte des Ellenbuges hin, ohne in der Regel diese zu erreichen. Bleibt sie seitwärts wie es Regel ist, so entsteht nur die gewöhnliche Form der Vena mediana obliqua. Geht sie bis zur Mitte des untern Endes der Ellenbeuge zu, so entsteht die sogenannte Vena mediana basilica und mediana cephalica. Jene ist die sonstige obere Hälfte der Vena mediana obliqua, diese nichts anders als der sonstige Anfang der Vena cephalica brachialis. Ist eine Vena cephalica antibrachialis anterior und posterior vorhanden, so ist es, wenn sie mit einer Vena mediana basilica und cephalica verbunden sein sollte, die anterior welche vor die Mitte des Ellenbogen-Gelenkes gelangt, und hier die gabelförmige Theilung in die beiden genannten Venae medianae cubitales bildet. Die sogenannte Vena mediana cephalica ist alsdann die vordere Wurzel der Vena cephalica brachialis.

In einem Falle in welchem die Venen der obern Extremität stark entwickelt waren, verhielten sich diese (an dem rechten Arme) in folgender Weise. Aus dem Tractus radialis des Rete venosum dorsale manus ging wie gewöhnlich die Vena cephalica pollicis hervor, welche sich in eine Vena cephalica antibrachialis anterior fortsetzte. Letztere nahm ein Paar venöse Zweiglein vom Ballen des Daumens auf, neigte sich gleich oberhalb des Handgelenks zur vordern Fläche des Vorderarms hinüber, und stieg allmählich weiter ulnarwärts verlaufend bis zur Mitte des untern Endes des Ellenbuges in die Höhe. Hier theilte sie sich gabelförmig in eine Vena mediana cephalica und eine Vena mediana basilica, welche in gewöhnlicher Weise divergirend, diese nach innen zur Vereinigung mit der Vena basilica antibr., jene nach aussen zur Vereinigung mit der Vena cephalica antibrachialis posterior in die Höhe gingen. Letztere entstand am Nodus venosus carpeus dorsalis ulnaris (der Fortsetzung des Tractus ulnaris des Rete venosum dorsale manus) neben dem Capitulum Ulnae, ging von hier an der Rückenseite des Vorderarms in der Richtung von der Ulnar- zur Radial-Seite in die Höhe bis oberhalb der Radial-Seite des Ellenbogen-Gelenks, und verband sich hier 1½ Zoll oberhalb des Ursprunges der Vena mediana cephalica mit dieser zur Vena cephalica brachialis, die in bedeutender Stärke übrigens in gewöhnlicher Weise weiter verlief. An der Theilungs-Stelle der Vena cephal. anterior in die Vena med. cephal. und Ven. med. basil. mündete von der Ulnarseite aus und von innen die sehr starke Vena mediana profunda, und von der Radial-Seite her ein starker aus dem Musculus supinator longus hervortretender Ramus muscularis. Den Nodus venosus medianus bildeten demnach 3 Venae afferentes, nämlich das Ende der Vena cephalica anterior, die Vena mediana profunda und der Ramus muscularis supinatorius. Wie gewöhnlich kamen zwei Venae efferentes die eine für die Vena mediana cephalica, die andere für die Vena mediana basilica aus ihm hervor. Die Lamina superficialis der Fascia antibrachii superficialis war an der vordern Seite des Vorderarms und des Ellenbuges stark ausgebildet, bedeckte die Vena mediana cephalica und Vena mediana basilica sowie die Vena cephalica antibrachialis von der Stelle aus wo sie an die vordere Seite des Vorder-Arms gelangt war. In der Mitte der Radial-Seite des Vorderarms standen die Vena cephalica anterior et posterior durch eine grosse Anastomose unter einander in Verbindung. Etwas unterhalb dieses anastomosirenden Zweiges gab die Vena cephalica posterior einen starken Zweig ab, welcher über der Radialseite des Vorderarms hinweg an die Volarseite desselben gelangte, sich mit der Vena cephal. anterior kreuzte, dann weiter zur Ulnarseite des obern Endes des Vorderarms schräg in die Höhe und in die Vena basil. antibr. überging 1 Zoll unterhalb der Stelle, wo diese mit der Vena med. basil. sich zur Vena basil. brach. verband. Dieser Zweig der Vena ceph. post. verlief an der vordern Seite des Vorderarms subcutan, während die Vena cephal. anterior selbst intrafascial, d. h. zwischen der Lamina superficialis und profunda der Fascia antibrachii, ihren Lauf nahm. Nicht immer wird jedoch in der angegebenen Weise eine Vena med. basil. und Vena med. ceph. gebildet. Sie entsteht in andern Fällen dadurch, dass eine Vena longitudinalis antibrachii externa anfangs der Radialseite näher gelegen, dann gegen die Mitte des Ellenbogen-Gelenks sich hinneigend aufsteigt, und vor derselben sich in die Vena mediana basilica und die Vena mediana cephalica theilt. Dass eine Vene grade in der Mitte des Vorderarms vom Hand-Gelenk zum Ellenbogen-Gelenk aufsteigt, habe ich zwar mehrmals gefunden. Sie theilte sich aber nicht in eine Vena mediana cephalica und Vena mediana basilica, sondern ging einfach in die Vena mediana obliqua superficialis über.

Ist eine Vena mediana basilica und Vena mediana cephalica vorhanden, so geht die Vena mediana profunda in der Regel in den Theilungs-Winkel über und es liegt hier der Nodus cephalicomedianus. Es ist also die Vena cephalica antibrachialis selbst, welche schon am untern Ende des Vorderarms mehr als gewöhnlich sich nach vorne neigt, allmählig im Aufsteigen weiter gegen die Mitte des Vorderarms gelangt, und unterhalb des Ellenbogengelenks vor dessen Mitte sich gabelförmig spaltet, oder es ist ursprünglich eine Vena longitudinalis antibrachialis anterior externa, welche an der Radialseite des untern Endes des Vorderarms aus dem Plexus antibrachialis hervorgeht, mit der Vena cephalica hier anastomosirt, und schräg von aussen und unten nach innen und oben aufsteigt bis sie die Mitte des untern Ende des Ellenbogen-Gelenks erreicht hat, und hier sich gabelförmig in die beiden genannten Venen spaltet. In diesem Falle verbindet sich das obere Ende der Vena mediana cephalica mit dem obern Ende der Vena cephalica antibrachialis zur Vena cephalica brachialis, und es wird durch die Trennung und Wiedervereinigung dieser Venen eine grosse Ansa cephalica antibrachialis hervorgebracht.

Eine besondere Modification erleiden die Venae cubitales superficiales zuweilen dadurch dass gleichzeitig mit einer Vena mediana cubitalis superficialis obliqua eine Vena mediana cephalica vorhanden ist. In den hierher gehörenden Fällen verläuft die Vena mediana obliqua superficialis wie gewöhnlich, indem sie in der Regio cubitalis infraarticularis aus der Bifurcation der Vena cephalica antibrachialis in die Vena cephalica brachialis oder deren vordere Wurzel und in die Vena med. superficialis obliqua hervorgeht, und endet an der gewöhnlichen Stelle an der innern Seite des Oberarms am Uebergange in die Vena basilica. In den Anfang der Vena cephalica brachialis, oder wenn diese mit 2 Wurzeln entspringt in die vordere derselben mündet hierbei eine Vena mediana cephalica accessoria ein. Die accessorische mediancephalische Vene ist alsdann entweder eine oberflächliche oder eine tiefe.

1) Die Vena mediana cephalica accessoria superficialis entspringt aus der Vena mediana obliqua superficialis oberhalb des Ursprunges der letzteren in der Mitte der Ellenbeuge vor dem Crus aponeuroticum der Sehne des Biceps, geht schräg nach aussen und oben in die Höhe, nimmt in manchen Fällen die Vena mediana profunda auf, und mündet am äussern Rande des Tendo flexorius Bicipitis in die Vena cephalica brachialis ein.

2) Ist eine Vena mediana cephalica accessoria profunda vorhanden so geht die Vena mediana profunda nicht in einen Nodus cephalicomedianus über, sondern steigt aus der Tiefe kommend grade oder bogenförmig gekrümmt nach aussen und oben in die Höhe, und geht in die Vena cephalica brachialis, oder in deren vordere Wurzel oberhalb des Ursprunges derselben am äussern Rande der Sehne des Biceps über.

An der obern Extremität lassen sich überhaupt folgende Venae medianae unterscheiden.

1) Die **Vena mediana cubitalis superficialis obliqua.** Sie verläuft in schräger Richtung von der Radial-Seite des Vorderarms zur Ulnar-Seite des Oberarms vor der Mitte des Ellenbuges in die Höhe. Sie ist gewöhnlich einfach, nicht grade selten halbdoppelt, doppelt oder dreifach.

2) Die **Vena mediana superficialis transversa.** Ein querer transversaler Zweig verbindet die Vena cephalica und die Vena basilica antibrachialis untereinander.

3) Die **Vena mediana superficialis arcuata.** Vor dem Ellenbogen-Gelenk wird die Vena cephalica und basilica durch eine mit der concaven Seite nach oben gerichtete bogenförmige Anastomose verbunden. Vergl. den Holzschnitt Fig. X.

4) Die **Vena mediana profunda.** Sie ist gewöhnlich einfach, zuweilen doppelt.

5) Die **Bildung** in welcher eine Vena mediana basilica und Vena mediana cephalica vorhanden ist, welche divergirend vor der Mitte der Biceps-Sehne auseinander gehen.

6) Die **Vena mediana obliqua cephalica accessoria superficialis** wobei aus der Vena med. obliqua superficialis die Vena mediana cephalica accessoria superficialis hervorgeht.

7) Die **Vena mediana obliqua cephalica accessoria profunda** bei welcher die Vena med. profunda als Vena mediana cephalica accessoria aus der Tiefe hervorkommt.

8) Die **Vena mediana antibrachialis superficialis** s. Vena longitudinalis antibrachialis media.

9) Die **Vena mediana antibrachialis profunda** begleitet die Arteria mediana antibrachialis wenn eine solche vorhanden ist.

10) Die **Vena mediana brachialis** ist eine nicht bedeutende Hautvene, welche zuweilen in der Mitte der vordern Seite des Oberarms gerade herab geht, und von oben in die Vena mediana cubitalis superficialis übergeht.

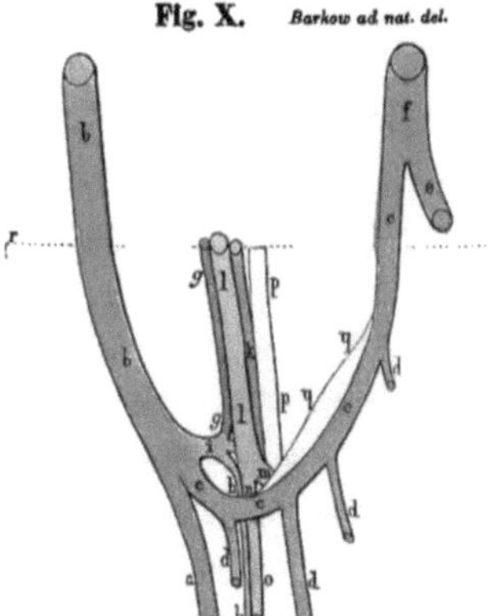

Fig. X. Die Venae cubitales nebst einem Theil der Arterien und dem Nervus medianus von der rechten Seite. Es ist eine Vena mediana superficialis arcuata vorhanden. a. Die Vena cephalica antibrachialis. b. b. Die Vena cephalica brachialis. c. c. c. c. Die Vena med. superficialis arcuata. d. d. d. d. 4 Venae longitudinales antibrachiales superficiales, welche in die Vena mediana superficialis übergehen. e. Die Vena basilica antibrachialis. f. Die Vena basilica brachialis. g. g. Die Vena brachialis profunda externa. h. h. Die Vena radialis profunda externa. i. Die Vena mediana profunda. k. Die Vena brachialis profunda interna. l. l. Die Art. brachialis. m. Die Art. ulnaris. n. Die Art. radialis oberhalb der Vena mediana arcuata. o. Die Fortsetzung derselben unter der Vena mediana arcuata. p. p. Der Nervus medianus. q. q. Der äussere Rand des Musculus pronator teres. r. Der Condylus externus. s. Der Condylus internus Ossis humeri zwischen denen die Linea intercondyloidea gezogen ist.

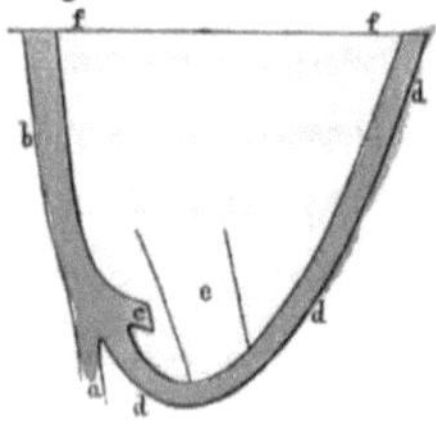

Fig. XI.   *Barkow ad nat. del.*

Fig. XI. Die auf Fig. X. abgebildete Vena mediana arcuata in ihrem Verhalten zum Biceps. a. Die Vena cephalica antibrachialis. b. Die Vena cephalica brachialis. c. Die Vena mediana profunda. d. d. d. Die Vena mediana superficialis arcuata. e. Die Sehne des Biceps oberhalb der Vena mediana arcuata superficialis. f. f. Die Linea intercondyloidea.

Fig. XII. Die Venae cubitales von der linken Seite. Es ist eine Vena mediana cephalica superficialis accessoria vorhanden. a. Die Vena cephalica antibrachialis. b. Die Vena mediana profunda inferior (die aus der Tiefe auspräparirte Vena radialis profunda externa), welche mit der Vena cephalica antibrachialis im Nodus cephalico-medianus inferior c. sich verbindet. d. d. Der Anfang der Vena cephalica brachialis. e. f. Zweige einer Vena mediana profunda superior, welche aus der Tiefe am innern Rande des Pronator teres hervorkommen, und in die Vena mediana profunda superior g. übergehen. h. Die Vena mediana cephalica accessoria superficialis, welche aus der Vena mediana obliqua superficialis hervorkommt, und mit der Vena mediana profunda sich verbindet. i. Der Nodus cephalico-medianus superior gebildet durch die Vereinigung der Vena med. cephalica accessoria superficialis, der Vena med. profunda und der Vena cephalica brachialis. k. k. Die Fortsetzung der Vena cephalica brachialis am Oberarm. l. l. l. Die Vena mediana superficialis obliqua. m. Eine Vena longitudinalis media antibrachialis super

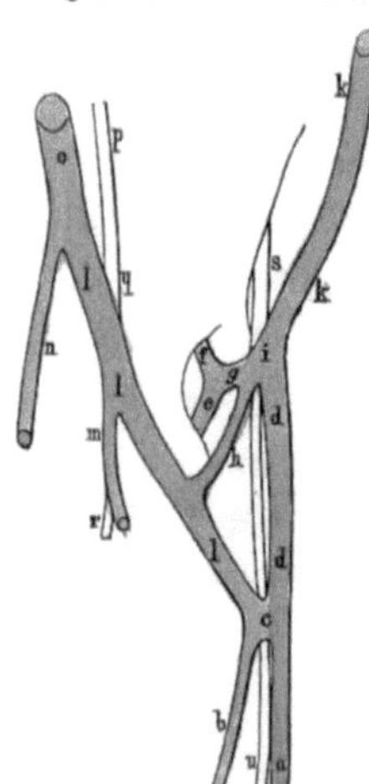

Fig. XII.   *Barkow ad nat. del.*

ficialis. n. Die Vena basilica antibrachialis. o. Die Vena basilica brachialis. p. q. r. Der Nervus cutaneus medius, welcher etwas oberhalb der Mitte der Vena med. superficialis hinter dieser am Vorderarm herabgeht, s. t. u. Der Nervus cutaneus externus, welcher hinter dem Nodus cephalicomedianus superior und inferior herabgeht.

Fig. XIII. Die Venae cubitales von der linken Seite. Es ist eine Vena mediana obliqua superficialis und eine Vena mediana ceph. accessoria profunda vorhanden. a. Die Vena ceph. anterior. b. Die aus der Tiefe auspräparirte Vena radialis profunda externa, welche als Vena mediana profunda inferior in die Vena cephalica antibrachialis anterior übergeht. c. Die Fortsetzung der Vena cephalica anterior. d. Die Theilung derselben in die Vena mediana superficialis obliqua und die mit e. bezeichnete Fortsetzung der Vena ceph. anterior. f. f. Die Vena med. accessoria profunda cephalica, welche am vordern Rande des Musculus pronator teres aus der Tiefe hervorkommt. g. g. Die vordere Wurzel (oder der Anfang) der Vena cephalica brachialis. h. h. Die Vena cephalica antibrachialis posterior. i. k. Die Vena cephalica brachialis. l. l. Die Vena

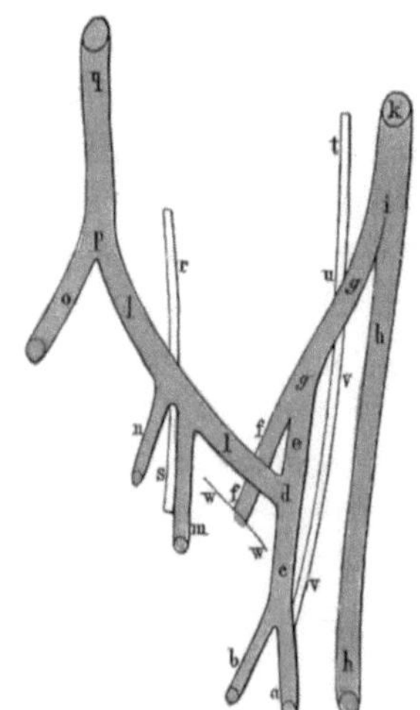

Fig. XIII.   *Barkow ad nat. del.*

mediana superficialis obliqua. m. n. Zwei Venae longitudinales mediae anteriores antibrachii, welche in geringer Entfernung von einander fast in die Mitte der Vena mediana superficialis übergehen. o. Die Vena basilica antibrachialis. p. Die Vereinigung derselben mit der Vena mediana superficialis. q. Die Fortsetzung der Vena basilica brachialis. r. Der Ramus palmaris des Nervus cutaneus medius oberhalb der Vena mediana superficialis hinter deren Mitte er herabgeht. s. Die Fortsetzung des Nerven unterhalb der Vena mediana. t. u. v. v. Der Nervus cutaneus externus, welcher bei u. hinter der vordern Wurzel der Vena cephalica brachialis niedergeht.

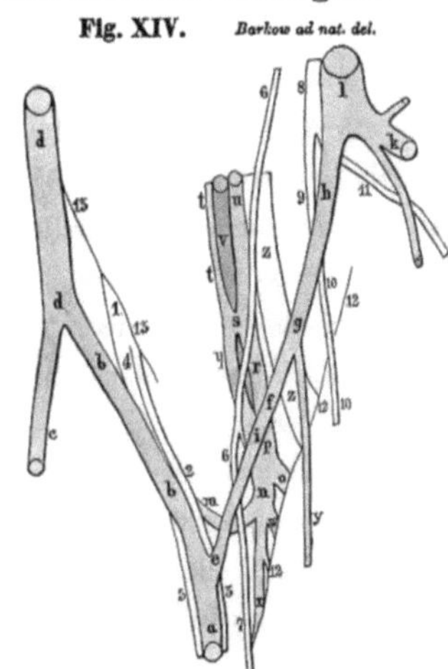

Fig. XIV. *Barkow ad nat. del.*

Fig. XIV. Die Venae cubitales nebst den benachbarten Nerven und der Art. brachialis von der rechten Seite. Es ist eine Vena mediana obliqua superficialis und eine Vena mediana profunda cephalica gleichzeitig vorhanden. a. Die Vena cephalica antibrachialis anterior. Sie geht schräge bis fast zur Mitte des untern Endes des Ellenbuges (vor die Mitte des Tendo flexorius Bicipitis) aufwärts, und theilt sich in eine schwächere aber längere Vena mediana superficialis obliqua und die stärkere etwas kürzere vordere Wurzel der Vena cephalica brachialis. b. b. Die vordere Wurzel der Vena cephalica brachialis. c. Die Vena cephalica antibrachialis posterior. d. d. Die Vena cephalica brachialis. e. f. g. h. i. Die Vena mediana superficialis obliqua, welche mit der Art. brachialis und mit der Vena brachialis profunda communis secundaria sich kreuzt. Letztere deckt in einer kurzen Strecke die Arterie von vorne. k. Die Vena basilica antibrachialis. l. Die Vena basilica brachialis. m. Die Vena mediana cephalica profunda, welche einen nach oben concaven Bogen bildet und von innen und hinten in die vordere Wurzel der Vena cephalica brachialis übergeht. Diese Uebergangsstelle ist auf der Figur durch einen Zweig des Nervus cutaneus externus verdeckt. n. Die Vena radio-interossea communis, welche die Vena radialis profunda communis und die Vena interossea antibrachii aufnimmt. o. Die Vena ulnaris antibrachialis communis profunda. p. Der untere Theil einer Vena brachialis profunda communis secundaria, welche die Venen n. und o. aufnimmt, das untere Ende der Art. brachialis von vorne verdeckt, und nach oben sich in die Vena brachialis profunda externa q. und Vena brachialis profunda interna r. theilt. s. Eine kurze wiederholte Vereinigung der Venae brachiales profundae. t. t. Die weiter getrennt verlaufende Fortsetzung der Vena brachialis profunda externa. u. Die weitere Fortsetzung der Vena brachialis profunda interna. v. Die Art. brachialis. w. Die Vena interossea antibrachii communis. x. Die Vena radialis profunda externa. Die schwächere Vena radialis profunda interna und die durch Vereinigung beider gebildete Vena radialis profunda communis sind nicht besonders bezeichnet. y. Die Vena longitudinalis media antibrachii superficialis. z. z. Der Nervus medianus. 1. Der Nervus cutaneus externus am äussern Rande des Musculus

Biceps. **2. 3.** Der innere schwächere Zweig desselben, welcher vor dem Uebergange der Vena mediana ceph. profunda in die vordere Wurzel der Vena cephalica brachialis und hinter dem untern Ende der Vena mediana obliqua superficialis niedergeht. **4. 5.** Die Fortsetzung des Nervus cutaneus externus, welche hinter der vordern Wurzel der Vena cephalica brachialis und dann am äussern Rande der Vena cephalica antibrachialis niedergeht. **6. 6. 7.** Der Ramus palmaris des Nervus cutaneus medius. Er geht hinter aber nur in geringer Entfernung vom untern Ende der Vena mediana obliqua superficialis zum Vorderarm herab. **8. 9. 10. 10.** Der vordere Zweig des Ramus ulnaris des Nervus cutaneus medius. Er geht hinter dem obern Dritttheil der Vena med. obliqua superficialis nieder. **11.** Der hintere Zweig des Ramus ulnaris des Nervus cutaneus medius. Er geht hinter dem obern Ende der Vena mediana obliqua superficialis herab. **12. 12.** Der äussere Rand des Musculus pronator teres. **13. 13.** Der äussere Rand des Tendo communis Bicipitis. Der auf dieser Figur (Fig. XIV.) abgebildete Fall steht der Form schon sehr nahe, in welcher eine Vena mediana cephalica und Vena mediana basilica superficialis vorhanden ist.

In seltenen Fällen tritt statt der erwähnten Venae cubitales superficiales ein schwacher Plexus venosus cubitalis medianus superficialis auf. Die Duplicität und Triplicität der Vena mediana obliqua superficialis bildet hierzu den Uebergang.

In seltenen Fällen fehlt eine Vena mediana cubitalis superficialis überhaupt. Die Vena mediana superficialis transversa ist hierzu die Uebergangsstufe.

Gewöhnlich werden Unterhaut- und oberflächliche Venen (Venae subcutaneae und Venae superficiales) als gleichbedeutende Bezeichnungen betrachtet. Petrequin[1]) bemerkt jedoch, dass die Fascia superficialis an der vorderen Fläche des Ellenbogen-Gelenks in zwei Blätter gespalten ist. Von diesen überzieht das oberflächliche Blatt die innere Fläche der fettzelligen Unterhautschicht, mit der sie innig zusammenhängt. Zwischen diesen zwei Blättern verlaufen die oberflächlichen Venen und Nerven. Das tiefe Blatt giebt für sie indem es sich spaltet Scheiden ab. — Die Lamina superficialis tritt als besondere dünne Schicht schon oberhalb des Foramen basilicum der Fascia brachialis von der Lamina profunda ab, geht über der vordern Fläche des Ellenbogen-Gelenks und des Vorderarms nieder, und verliert sich an letzterer bald etwas oberhalb der Mitte, bald an dieser oder geht auch bis unterhalb derselben herab, und erstreckt sich in der angegebenen Ausdehnung bis über den Radial- und Ulnar-Rand hinüber und verliert sich auf der Dorsal-Seite des Vorderarmes. Nach Verschiedenheit des Entwickelungs-Grades, namentlich der Ausdehnung des oberflächlichen Blattes der Fascia, liegen die oberflächlichen Venen des Vorderarmes demnach entweder direkt unter der Haut, oder unterhalb der Lamina superficialis der Fascia superficialis, und können hiernach besonders in Venae superficiales subcutaneae und Venae superficiales intrafasciales (d. h. innerhalb der Fascia superficialis zwischen deren beiden Blättern gelegene)

[1]) J. E. Petrequin, Lehrbuch der medicinisch-chirurgischen und topographischen Anatomie. Aus dem Französischen übersetzt von Dr. M. E. v. Gorup-Besanez. Erlangen 1845. 8. S. 366.

eingetheilt werden. Aus einer weit abwärts selbst über der Mitte des Vorderarms herab sich erstreckenden Lamina superficialis darf man aber nicht mit Sicherheit schliessen, dass die bedeutenderen oberflächlichen Vorderarm-Venen intrafasciale sind. Ich habe selbst bei starker Entwickelung der Lamina superficialis die Zweige einer bedeutenden Vena longitudinalis antibrachialis interna bis in geringer Entfernung unterhalb des Ellenbogen-Gelenks subcutan verlaufend gefunden, während eine starke Vena longitudinalis media antibrachii intrafascial in die Höhe ging. Vor dem Ellenbogen-Gelenk fehlt die Lamina superficialis nie, wenn sie auch in manchen Fällen namentlich selbst bei stark entwickelter Muskulatur und gleichzeitiger geringer Fettbildung schwach ist, leicht übersehen und beim Präpariren durchschnitten werden kann. Letzteres erfolgt besonders leicht bei Leichen die mager sind, einige Zeit gelegen haben und an der Oberfläche etwas trocken geworden sind, obgleich die Lamina superficialis sonst bei mageren Personen gewöhnlich stark ausgebildet ist und sich leicht präpariren lässt.

In der Regio cubitalis werden durch diese Anordnung der Fascien 3 Räume gesondert.

1) Die Plica cubiti superficialis s. subcutanea. Sie liegt zwischen der Haut und der Lamina superficialis der Fascia.

2) Die Plica cubiti media s. intrafascialis. Sie liegt zwischen der Lamina superficialis und der Lamina profunda Fasciae. In diese letztere geht das Crus aponeuroticum der Biceps-Sehne über, durch welche sie besonders ihre bedeutendere Stärke erreicht.

3) Die Plica cubiti profunda s. subfascialis. Sie wird bedeckt durch die Lamina profunda der Fascia. Den Boden der Plica profunda bilden der Musculus brachialis internus und der Tendo flexorius des Biceps. Seitwärts erstreckt sie sich oben bis an die Condylen des Oberarms, radialwärts an den Musculus supinator longus, ulnarwärts an den Musculus pronator teres, abwärts bis an das Tuberculum Radii und das Tuberculum subcoronoideum Ulnae.

In der Plica cubiti subcutanea befinden sich keine besonders wichtigen Theile. Sie enthält nur schwächere peripherische Nerven- und Blutgefäss-Zweiglein.

In der Plica cubiti intrafascialis verlaufen die Venae medianae superficiales mögen sie einfach oder mehrfach sein, die Vena basilica brachialis superficialis, der Anfang der Vena cephalica brachialis, die Hauptäste des Nervus cutaneus medius, und theilweise der Nervus cutaneus externus nachdem er am äussern Rande der Sehne des Biceps aus der Tiefe hervorgekommen ist. Diese Nerven treten grossentheils in die nächste Nähe der in der Plica media gelegenen genannten Venen. Sie sind desshalb für die operative Chirurgie namentlich in Betreff des Aderlasses von besonderer Wichtigkeit geworden. Obgleich die Bedeutung der Verletzung dieser Nerven von Sedillot, Berard und Malgaigne in Abrede gestellt worden ist, bemerkt doch Krais[1]) mit Recht, dass deren nachtheilige Folgen in manchen Fällen nicht zur Kenntniss medicinischer Schriftsteller gekommen sind, und bezieht sich auf die entgegenstehenden Beobachtungen von Berger, Romberg, Guersent, Lisfranc,

---

[1]) A. a. O. S. 30. 31.

Arnold und Locher-Zwingli. Die nachtheiligen Folgen dieser Verletzungen bestehen in heftigem Schmerz im Augenblick des Stiches, späteren Neuralgieen, lähmungsartiger periodischer Schwäche des Armes, Einheilung des verletzten Nerven in die Narbe, Entzündung, Convulsionen, Sphacelus und selbst dem Tod. Rosenthal[1]) sagt bei der Beschreibung der Vena mediana (nämlich der am häufigsten vorkommenden Form der Vena mediana obliqua superficialis), dass die Zweige des Nervus cutaneus medius nicht gerade in der Mitte, sondern ein wenig mehr gegen den innern Gelenkknorren des Oberarms über der Vena mediana herabgehen, dass man, um sie, die Art. brachialis und den Nervus medianus zu vermeiden, den Aderlass weder der Vena cephalica noch der Vena basilica zu nahe machen dürfe, und dass die Oeffnung der letztern wie Bell gerathen hat am seltensten ohne unangenehme Folgen bleiben werde. Lisfranc hatte dahin sich geäussert, dass je näher sich die Venen der äussern (radialen) Seite des Vorderarms befinden um so geringer die Zahl der Nerven-Fäden in ihrer Nachbarschaft sei, dass diese viel zahlreicher an der Ulnar-Seite verlaufen, dass man zum Aderlass die Venen zu wählen habe die von weniger Nervenfäden begleitet werden, und weniger der Gefahr der Verletzung ausgesetzt sind. Er zieht desshalb zur Operation des Aderlasses die Vena cephalica vor. Velpeau hatte hierzu bemerkt: dass die Venen alle von Nervenfäden (filets nerveux) umgeben sind, und dass es lächerlich sei, aus diesem Grunde eine Vene lieber als eine andere öffnen zu wollen, worauf Lisfranc meinte die Phrase umdrehen und sagen zu dürfen: es sei lächerlich, dass einem Professor eine anatomische Thatsache unbekannt sei, welche von aller Welt als richtig anerkannt worden. Krais tritt bei der Erwähnung dieses Streites zwischen Lisfranc und Velpeau ersterem bei. Er sagt, indem er die Resultate seiner Untersuchungen über das Verhalten der oberflächlichen Nerven zu den Venen im Ellenbuge zusammenstellt: Der Nervus cutaneus externus verläuft an der äussern und innern Seite der Vena cephalica, auch bedeckt von derselben, seltener auf ihr. Die der Radial-Seite näher gelegenen Venen sind sparsamer von Nerven begleitet als die der Ulnar-Seite. In der Nähe des obern Theiles der Vena mediana cephalica und der Fortsetzung der Vena cephalica finden sich die wenigsten Nervenfäden. Der sehr unbeständig verlaufende Nervus cutaneus medius (von Krais cutaneus internus genannt) sendet seine Zweige über und unter der Vena mediana hinweg, liegt auf und unter der Vena basilica, und begleitet diese Vene an ihrer Radial- und Ulnar-Seite. In der Hälfte der Fälle geht ein Zweig über die Mitte der Vena mediana oder über ihr oberes Drittel hinweg und in dem vierten Theil der Fälle sieht man wie ein stärkerer Zweig über dem Winkel, welchen die Vena mediana mit der Vena basilica bildet, sich hinzieht[2]).

Im Wesentlichen stimmen meine Untersuchungen über den Verlauf der oberflächlichen Armnerven mit denen von Krais überein. Der Nervus cutaneus medius zerfällt entweder

---

[1]) Handbuch der chirurgischen Anatomie. S. 159.

[2]) Vergl. Lisfranc Précis de Médecine. opératoire. I. P. 265. — Velpeau Nouveaux éléments de médecine operatoire. T. I. P. 293. — Krais a. a. O. S. 25. 26.

gleichzeitig in drei Zweige, den Ramus palmaris, den Ramus ulnaris und den Ramus cutaneo-condyloideus internus. Letzterer geht in der Richtung gegen den Condylus internus humeri in die Haut an der Ulnar-Seite des Ellenbogen-Gelenks herab. Häufiger theilt sich der Nervus cutaneus medius aber nur in zwei Zweige, nämlich den Ramus palmaris der mehr für die Mitte der Vorder-Seite, und den Ramus ulnaris der mehr für die innere Seite des Vorder-Armes bestimmt ist. Letzterer giebt dann den Ramus cutaneo-condyloideus internus ab. Die Theilungs-Stelle des Nerven in die angegebenen Zweige zeigt sehr viele Verschiedenheiten. Sie befindet sich entweder in der Mitte des Oberarmes oder etwas unterhalb derselben, nicht grade selten oberhalb oder noch weiter abwärts nachdem der Nerv bereits durch das Foramen basilicum der Fascia brachialis durchgetreten ist. Auch ist es nicht selten, dass ein einfacher Stamm des Nerven fehlt und statt dessen der Ramus palmaris und der Ramus ulnaris von einander getrennt aus dem Plexus axillaris hervorkommen. Bei gewöhnlicher Theilung des Nerven treten seine beiden Zweige gleichzeitig durch das Foramen basilicum der Fascia humeri neben der Vena basilica hervor. Die Vena basilica brachialis wird regelmässig entweder von dem noch ungetheilten Nerven oder von dessen beiden Zweigen dem Ramus palmaris und ulnaris begleitet. Der noch ungetheilte Nerv oder sein Ramus ulnaris verläuft in der Regel an der innern Seite dieser Vene oder vor oder hinter ihr, oder es umfassen zwei Zweige dieselbe indem der eine an ihrer innern, der andere an ihrer äussern Seite herabgeht, oder es verläuft der eine an der äussern, der andere an der innern, der dritte an der vordern oder hinteren Seite der Vene.

Bei höherer Theilung des Nerven durchbohrt häufig der Ramus palmaris für sich allein die Fascia humeri, während der Ramus ulnaris unter der Fascia weiter wie gewöhnlich herabgeht.

Obgleich die Vena basilica brachialis superficialis bei ihrer Stärke und oberflächlichen Lage sich sonst am mehrsten für den Aderlass eignen würde, ist doch die Gefahr der Nervenverletzung bei ihrer Eröffnung am wahrscheinlichsten.

Velpeau hat in seiner Widerrede gegen Lisfranc zwar Recht wenn er meint, dass die Venen der Radialseite des Vorderarms nicht nervenärmer sind als die der Ulnarseite. Der Ramus ulnaris des Nervus cutaneus medius verläuft am Vorderarm in der Mehrzahl der Fälle der Vena basilica antibrachialis nicht näher als der Nervus cutaneus externus der Vena cephalica, und der Ramus palmaris des Nervus cutaneus medius einer Vena longitudinalis media superficialis anterior. Diese Nerven zeigen auch am Vorderarm in Betreff ihres Lage-Verhältnisses zu den grösseren Venen viele Verschiedenheiten. Sie verlaufen durchaus nicht regelmässig in der nächsten Nähe der Venen. Wenn dies auch oft beobachtet wird, so entfernen sie sich doch nicht selten von ihnen in ihrem Verlaufe abwärts. Es handelt sich aber beim Aderlass nicht um die Vorderarm-Venen, sondern um die Venen in der Cubital-Gegend. Hier kommt, so weit es die Radial-Seite betrifft, nur das Verhalten des Nervus cutaneus externus in Betracht in seinem Lagen-Verhältniss zum Anfange der Vena cephalica brachialis oder zu der vordern Wurzel derselben, wenn sie deren zwei haben sollte, und zum Nodus cephalico-medianus. Der Nerv kommt gewöhnlich noch ungetheilt in einer ziemlich bedeutenden Stärke am äussern Rande der Biceps-Sehne aus der Tiefe hervor, durchbohrt die Lamina profunda der Fascia und gelangt in die Plica cubitalis intrafascialis. Hier liegt er anfangs nach innen von der Vena cephalica und verläuft in der Mehrzahl der Fälle einige Linien von ihr entfernt abwärts. Immer verhält es sich aber nicht also. Die Angaben von Krais über das Lagen-Verhältniss des Nerv. cutan. externus zur Vena cephalica brachialis sind minder vollständig als seine Angaben über den Nervus cutaneus medius. In 11 von den 25 von Krais beschriebenen Fällen ist des Nervus cutaneus externus keiner Erwähnung geschehen. In 4 Fällen unter den 13 andern Fällen No. 7, 8, 14, 19 ist erwähnt, dass er an der äussern (radialen) Seite der Vena cephalica brachialis herabging, in 2 Fällen 7 und 8 dass er um dahin zu gelangen vor der Vene, in einem Falle 19 dass er hinter dieser Vene fortging. In dem 14. Falle ist nichts darüber gesagt ob er vor oder hinter der Vena cephalica brachialis an die äussere Seite derselben hinübergegangen. Nur in 2 Fällen dem 6. und dem 13. ist es besonders angegeben, dass der Nerv an der innern Seite der Vena cephalica brachialis verlief. In den andern Fällen 3, 4, 5, 15, 16, 17 ist nur des Verhaltens dieses Nerven zur Verbindungs-Stelle der Vena cephalica mit der Vena mediana gedacht. Im 24. Falle, in dem eine Vena mediana basilica und Vena mediana cephalica vorhanden war, ging ein Zweig des Nerven am Anfange des obern Drittels der Vena mediana cephalica über diese hinweg. — Regelmässig durchbohrt der Nervus cutaneus externus die Fascia humeri am äussern Rande der Sehne des Biceps. Indem er in die Plica cubiti intrafascialis gelangt, liegt er nach innen von der Vena cephalica brachialis, ohne diese sogleich zu erreichen. Sein weiterer Verlauf bis zum Ursprunge der Vena cephalica brachialis bietet folgende Verschiedenheiten dar:

1) Er kreuzt sich mit dieser Vene, indem er vor ihr fortgeht um an ihre äussere (radiale) Seite zu gelangen.

2) Er kreuzt sich mit der Vene, indem er hinter ihr zu deren radialen Seite niedergeht.

3) Er theilt sich in zwei Zweige, von denen der eine an der ulnaren der andere an der radialen Seite der Vene niedergeht. Der zur radialen Seite gelangende Zweig geht entweder vor oder hinter der Vene herab.

4) Er bleibt ungetheilt an der innern Seite der Vena cephalica brachialis.

Obgleich der Uebertritt eines Zweiges des Nerven oder des ungetheilten Nerven an die Radial-Seite desselben nicht grade zu den Seltenheiten gehört, ist doch das Verbleiben desselben nach innen von der Vene das häufigere, und er verläuft nicht selten bis zum Anfange derselben (dem Nodus cephalico-medianus) mehrere Linien von der Vena cephalica entfernt, also ohne in deren nächste Nähe zu gelangen. Bei einer Kreuzung des Nerven beschränkt sich dessen Berührung mit der Vene öfters allein auf die Kreuzungsstelle selbst. Es gehört aber nicht zu den Seltenheiten, mag eine Kreuzung stattfinden oder nicht, dass der Nerv mit seiner Fortsetzung oder mit einem Zweige, oder mit zwei Zweigen die Vena cephalica brachialis zwischen sich fassend, durch kurzes Zellgewebe an sie befestigt neben ihr herabgeht. Es beschränkt sich diese Berührung in manchen Fällen auf einige Linien, in andern beträgt sie einen halben bis ganzen Zoll oder noch mehr. Nuhn[1]) bildet einen derartigen Fall ab, in welchem der Nervus cutaneus externus die Vena cephalica brachialis 1 Zoll oberhalb ihres Ursprunges aus dem Nodus erreicht, und dann in der ganzen Strecke bis zum Nodus hart an ihr gelegen niedergeht. Ich habe diesen nächstnachbarlichen Verlauf des Nerven und der Vene nicht selten in einer noch bedeutenderen Strecke gefunden. In dem Fig. XV. der Holzschnitte abgebildeten Falle in welchem die Vena ceph. brachialis aus einer hintern und vordern Wurzel zusammengesetzt wurde verlief er neben der letzteren fast in einer Strecke von 3 Zoll.

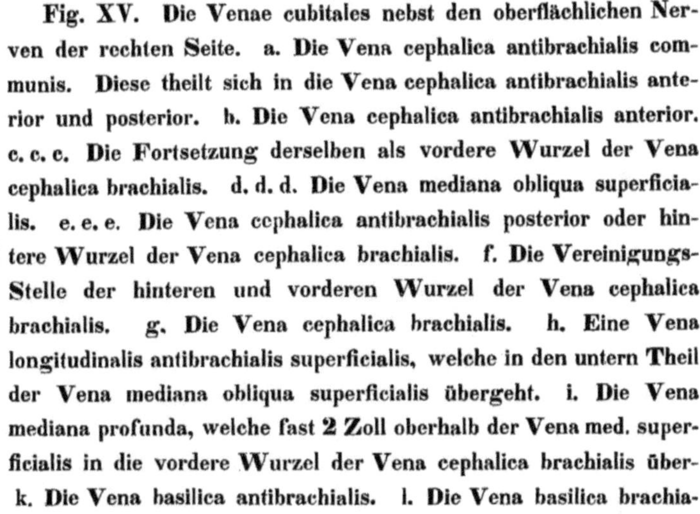

Fig. XV. Die Venae cubitales nebst den oberflächlichen Nerven der rechten Seite. a. Die Vena cephalica antibrachialis communis. Diese theilt sich in die Vena cephalica antibrachialis anterior und posterior. b. Die Vena cephalica antibrachialis anterior. c. c. c. Die Fortsetzung derselben als vordere Wurzel der Vena cephalica brachialis. d. d. d. Die Vena mediana obliqua superficialis. e. e. e. Die Vena cephalica antibrachialis posterior oder hintere Wurzel der Vena cephalica brachialis. f. Die Vereinigungs-Stelle der hinteren und vorderen Wurzel der Vena cephalica brachialis. g. Die Vena cephalica brachialis. h. Eine Vena longitudinalis antibrachialis superficialis, welche in den untern Theil der Vena mediana obliqua superficialis übergeht. i. Die Vena mediana profunda, welche fast 2 Zoll oberhalb der Vena med. superficialis in die vordere Wurzel der Vena cephalica brachialis übergeht. k. Die Vena basilica antibrachialis. l. Die Vena basilica brachialis. m. n. n. o. Der Nervus cutaneus externus. Er verläuft, nachdem er am äusseren Rande des Biceps hervorgekommen ist, an der inneren Seite der vorderen Wurzel der Vena cephalica brachialis, kreuzt den Uebergang der Vena mediana profunda in diese und den Anfang der Vena mediana superficialis indem er vor ihnen herabgeht. p. p. q. r. Der Ramus palmaris des Nervus cutaneus medius. Er geht bei q. hinter dem obern Dritttheil der Vena mediana superficialis herab. s. t. Der Ramus ulnaris des Nervus cutaneus medius. Er geht an der innern Seite der Vena basilica brachialis und dann vor dem obern Ende der Vena mediana superficialis herab.

Der Nodus cephalicomedianus würde durch seine Weite als sehr geeignet für die Operation des Aderlasses erscheinen, aber die Nähe des Nervus cutaneus externus macht an ihm die Operation gefährlich. In dem citirten von Nuhn abgebildeten Fall tritt einer der Hauptzweige des Nerven grade hinter die Mitte des obern Winkels der am Nodus durch das Auseinander-

gehen der Vena ceph. brach. und der Vena med. obliqua superfic. gebildet wird. In der Mehrzahl der Fälle verläuft in dieser Weise die Fortsetzung des Nervus cutaneus externus.
Unter den 11 von Krais[1]) untersuchten Fällen gehören hierher die Fälle 3, 4, 5, 6, 14,
15, 16, 17. Hiermit stimmen auch meine eigenen Untersuchungen vollkommen überein.
Beläge hierfür liefern die Holzschnitte Fig. V. XII. XX. XXII. XXIII. XXV.

Die Vena med. superfic. obliqua steht in Betreff ihres Verhaltens zu den Haut-Nerven in der
Mehrzahl der Fälle in näherer Beziehung zu diesen. Nerven und Venen kreuzen sich in der
Art, dass die Nerven entweder hinter der Vene d. h. zwischen ihr und der Lamina profunda der
Fascia cubitalis, oder was weniger häufig wenn auch nicht selten vorkommt, vor der Vene
d. h. zwischen ihr und der Lamina superficialis der Fascia zum Unterarm herabgehen.
In der Regel ist es ein Zweig oder sind es ein Paar Zweige des Nervus cutaneus medius, selten
nur ist es ein Zweig des Nervus cutaneus externus, welche in der angegebenen Weise in die
nächste Nähe der Vene treten. Nicht immer findet sich jedoch diese Kreuzung der Nerven
und der Vene. Es lassen sich in dieser Beziehung folgende Abstufungen unterscheiden:

1) Die Vena mediana (superficialis obliqua) bleibt in ihrer ganzen Länge von ihrem
untern bis zu ihrem obern Ende frei von der Berührung mit den Hautnerven. So ver-
hielt es sich in den auf den Holzschnitten Fig. XXII. XXIII. XXV. abgebildeten Fällen.

2) Die beiden untern Dritttheile der Vene bleiben frei und nur am obern Drittheil findet sich die Kreuzung wie auf Fig. IX. XVI. XVII.

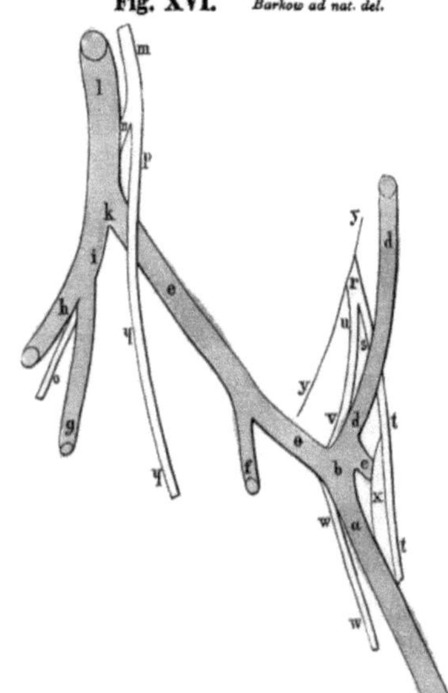

Fig. XVI. *Barkow ad nat. del.*

Fig. XVI. Die Vena cubitalis nebst den oberflächlichen
Nerven von der linken Seite. a. a. Die Vena cephalica
antibrachialis. b. Der Nodus cephalicomedianus. c. Die
Vena mediana profunda. d. d. Die Vena cephalica brachialis.
e. e. Die Vena mediana superficialis obliqua. f. Die Vena
antibrachii superfic. media, welche etwas unterhalb der Mitte
der Vena mediana superficialis in diese übergeht. g. Eine
starke in die Vena basilica antibrachialis übergehende Vena
antibrachii superficialis longitudinalis interna. h. i. Die Vena
basilica antibrachialis. k. Die Stelle wo diese sich mit der
Vena mediana superficialis verbindet. l. Die Vena basilica
brachialis. m. Der Nervus cutaneus medius. n. Der Ramus
ulnaris desselben oberhalb der Stelle wo er hinter der Vena
basilica brachialis herabgeht. o. Derselbe, nachdem er hinter dieser Vene an den Vorderarm gelangt ist. p. q. q. Der
Ramus palmaris des Nervus cutaneus medius, welcher vor
dem obern Ende der Vena mediana superficialis herabg ht.
r. Der Nervus cutaneus externus an der Stelle wo er am äussern Rande des Biceps hervortritt.
s. t. t. Der äussere Zweig desselben der hinter der Vena ceph. brach. herabgeht. u. v. w. w. Der

[1]) A. a. O. S. 12—24. Tab. Fig. 1. und 2.

Ramus internus desselben, welcher grade die Mitte des Nodus cephalico-medianus erreicht, hinter diesem herabgeht und dann an der inneren Seite der Vena ceph. antibrach. niedersteigt.

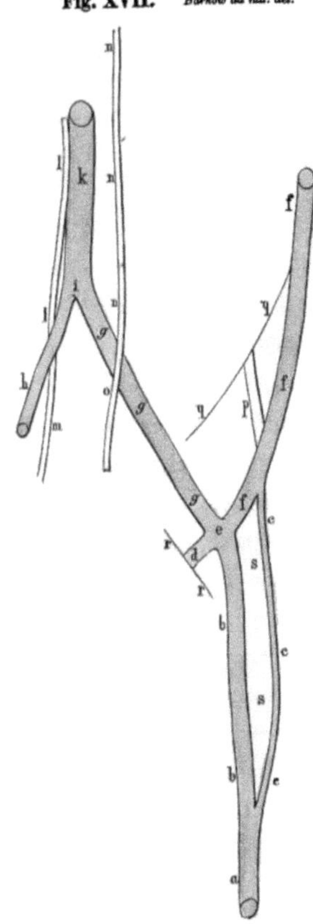

Fig. XVII. *Barkow ad nat. del.*

Fig. XVII. Die Venae cubitales mit den oberflächlichen Nerven von der linken Seite. a. Die Vena cephalica antibrachialis communis. b. b. Die Vena cephalica antibrachialis anterior. c. c. c. Die Vena cephalica antibrachialis posterior d. Die Vena mediana profunda. e. Der Nodus cephalicomedianus. f. f. f. Die Vena cephalica brachialis, welche aus dem Nodus hervorkommt und auch die schwächere Vena cephalica antibrachialis posterior als ihre hintere Wurzel aufnimmt. g. g. g. Die Vena mediana superficialis. h. Die Vena basilica antibrachialis. i. Die Vereinigung derselben mit der Vena mediana superficialis. k. Die Vena basilica brachialis. l. l. m. Der Ramus ulnaris des Nervus cutaneus medius, welcher an der innern Seite der Vena basilica brachialis superficialis und dann hinter der Vena basilica antibrachialis niedergeht. n. n. n. Der Ramus palmaris des Nervus cutaneus medius oberhalb der Vena mediana superficialis. Er geht vor dieser an der Grenze des oberen und mittleren Dritttheiles der Vene herab. o. Die Fortsetzung des Ramus palmaris unterhalb der Vena mediana. p. Der Nervus cutaneus externus nachdem er am äusseren Rande des Musculus biceps Brachii hervorgekommen ist.

3) Die untere Hälfte der Vena med. obliqua superficialis bleibt frei von der Berührung wie bei Fig. XVIII.

Fig. XVIII. Die Venae cubitales mit den oberflächlichen Nerven der linken Seite. Die Vena cephalica antibrachialis communis theilt sich in eine Vena cephalica anterior und Vena cephalica posterior. Die Fortsetzung der ersteren bildet die vordere, die der letzteren die hintere Wurzel der Vena cephalica brachialis. Diese erhält aber noch eine dritte kürzere Radix media, welche aus der Vena radialis ant. profunda communis hervorkommt. a. Die Vena cephalica antibrachialis communis. a * a * a * Die Vena cephalica antibrachialis anterior. b. Der Nodus cephalicomedianus. c. Die aus dem Nodus hervorkommende vordere Wurzel der Vena cephalica brachialis. d. Die Radix media der Vena cephalica brachialis, welche bei h. sich mit der Radix anterior verbindet. e. Die Vena radialis antibrachialis communis. f. Die Vena radialis profunda externa. g. Die Vena radialis profunda interna. i. Die Fortsetzung der Radix anterior der Vena cephalica brachialis. k. k. k. Die Vena cephalica antibrachialis posterior, welche die hintere Wurzel der Vena cephalica brachialis bildet. l. Die Vereinigung der vorderen und hinteren Wurzel der mit m. bezeichneten Vena cephalica brachialis. Die Vena mediana profunda, welche aus der mit e. bezeichneten kurzen

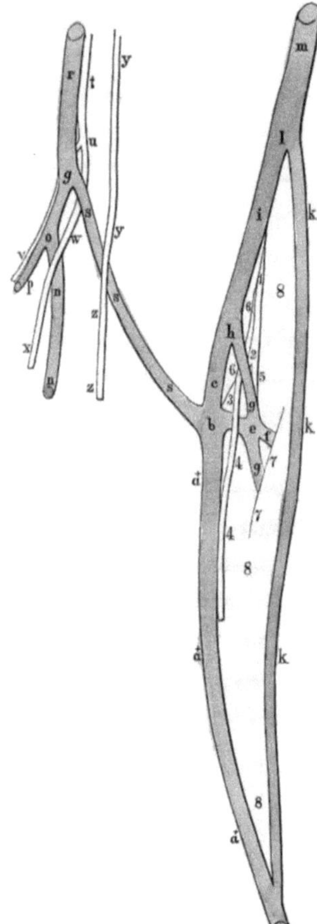

Fig. XVIII. *Barkow ad nat. del.*

Vena radialis communis kommt, und zum Nodus cephalicomedianus b. geht, ist nicht besonders bezeichnet. n. n. Die Vena basilica antibrachialis. o. Die Vereinigung derselben mit einem starken durch p. bezeichneten von der Rückenseite des Vorder-Armes kommenden Hautzweige. Die Vereinigung der Vena basilica antibrachialis mit der Vena mediana superficialis ist mit einem zweiten g. (statt mit einem q.) bezeichnet. r. Die Vena basilica brachialis. s. s. s. Die Vena mediana obliqua superficialis. t. Der Ramus ulnaris des Nervus cutan. medius. u. Die Stelle wo dieser den Ramus cutaneo-condyloideus internus abgiebt, welcher hinter dem untern Ende der Vena basilica brachialis niedergeht. v. Die Fortsetzung des genannten Zweiges. w. x. Die Fortsetzung des Ramus ulnaris des Nervus cutaneus medius, welcher hinter dem obern Ende der Vena mediana obliqua superficialis und dann vor der Vena basilica antibrachialis herabgeht. y. y. Der Ramus palmaris des Nervus cutaneus medius oberhalb der Vena mediana obliqua superficialis. z. z. Die Fortsetzung dieses Nerven-Zweiges nachdem er vor der Vena mediana etwas oberhalb der Mitte derselben herabgegangen ist. 1. Der Nervus cutaneus externus an der Stelle wo er am äussern Rande des Biceps hervorkommt. 2. Die Theilung des Nerven in einen Ramus anterior und posterior. 3. 4. Der Ramus anterior der anfangs hinter der mittleren Wurzel der Vena cephalica brachialis, dann vor der Vena mediana profunda herab- und an der äussern Seite der Vena cephalica antibrachialis anterior weiter niedergeht. 5. Der nur in einer kurzen Strecke erhaltene Ramus posterior. 6. 6. Der äussere Rand des Biceps. 7. 7. Der innere Rand des Supinator longus. 8. 8. 8. Der von der Ansa cephalica umschlossene Raum.

4) Die Kreuzung des Nerven und der Vene findet etwas unterhalb der Mitte derselben statt wie bei **Fig. XIX.**

Fig. XIX. Die Venae cubitales mit den oberflächlichen Nerven von der linken Seite. a. Die Vena cephalica antibrachialis. b. Vena mediana profunda aus der Tiefe am innern Rande des Pronator teres hervorkommend. c. Der Nodus cephalicomedianus. d. Der Anfang der Vena cephalica brachialis. e. Die Theilung derselben in die weitere Fortsetzung der Vena cephalica brachialis f. f. f. und die Vena mediana superficialis

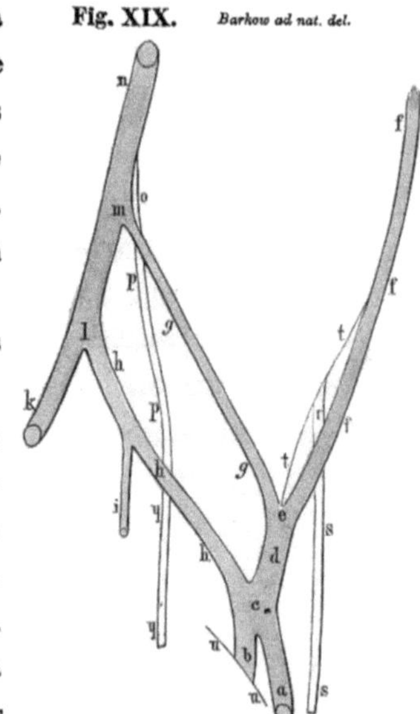

Fig. XIX. *Barkow ad nat. del.*

externa obliqua superior, welche mit g. g. bezeichnet ist. h. h. h. Die Vena mediana obliqua externa inferior. i. Eine Vena cutanea longitudinalis anterior interna, welche von unten in die Vena mediana externa inferior einmündet. k. Die Vena basilica antibrachialis. l. Die Stelle wo sie die Vena med. externa inferior aufnimmt. m. Die Stelle wo die Vena basilica brachialis die Vena med. externa superior aufnimmt. n. Die Fortsetzung der Vena bas. brach. am Oberarm. o. p. p. q. q. Der Nervus cutaneus medius, welcher hinter der Vena basilica, dann hinter dem Anfange der Vena mediana externa superior, dann hinter der Mitte der Vena med. externa inferior herabgeht. r. Der Nervus cutaneus externus an der Stelle wo er am äusseren Rande des mit t. t. bezeichneten Biceps zum Vorschein kommt. s. s. Die Fortsetzung des Nervus cutaneus externus der hinter der Vena cephalica brachialis herabgeht. u. u. Der Rand des Pronator teres.

5) Es findet die Kreuzung von Nerv und Vene am unteren Drittheil der letzteren statt wie bei **Fig. XX.**

Fig. XX.   *Barkow ad nat. del.*

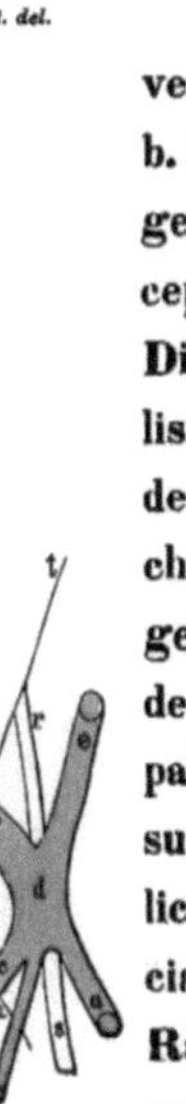

Fig. XX. Die Venae cubitales mit den oberflächlichen Nerven von der linken Seite. a. Die Vena cephalica antibrachialis. b. Eine kleine oberflächliche in den Nodus cephalicomedianus übergehende Vene. c. Die Vena mediana profunda. d. Der Nodus cephalicomedianus. e. Die Vena cephalica brachialis. f. g. h. Die Vena mediana superficialis. i. Die Vena basilica antibrachialis. k. k. Die Vena basilica brachialis. l. l. Der Ramus ulnaris des Nervus cutaneus medius. m. m. Ein Zweig desselben, welcher vor dem untern Ende der Vena basilica brachialis herabgeht. n. o. o. Ein Zweig desselben, welcher vor dem obern Ende der Vena mediana superficialis niedergeht. p. p. Der Ramus palmaris des Nervus cutaneus medius oberhalb der Vena mediana superficialis. Er geht in geringer Entfernung vom Nodus cephalicomedianus vor dem untern Ende der Vena mediana superficialis und seitwärts vom Nodus zum Vorderarm herab. q. q. Der Ramus palmaris unterhalb der Vena mediana. r. Der Nervus cutaneus externus nachdem er am äussern Rande des Biceps brachii hervorgekommen ist. Er tritt in den oberen Winkel des Nodus cephalicomedianus der gebildet wird durch das Hervortreten der Vena med. superficialis und der Vena cephalica brach. und geht hinter dem Nodus herab. s. Die Fortsetzung des Nerven unterhalb des Nodus. t. t. Der äussere Rand des Musculus Biceps brachii. u. u. Der Rand des Musc. pronator teres.

In diesem Falle theilte sich der Nervus cutaneus medius schon in der Achselhöhle in den Ramus palmaris und Ramus ulnaris. Der erstere stieg schräg vor der Mitte des Ellenbogen-Gelenkes herab, kreuzte die 2¼ Zoll lange Vena mediana ½ Zoll oberhalb des Nodus indem er vor ihr herabging. Der stärkere Ramus ulnaris verlief an der Radialseite der Vena basilica brachialis bis in geringe Entfernung oberhalb des unteren Endes derselben und theilte sich hier in zwei Zweige.   Von diesen ging der eine vor dem untersten Ende der Vena basilica vorbei an die Ulnarseite der Vena basilica antibrachialis, der andere vor dem obern Dritttheil der Vena mediana an den Vorderarm herab.

Eine Kreuzung des untern Dritttheils der Vena mediana superficialis obliqua mit einem Zweige des Nervus cutaneus externus habe ich einmal beobachtet.   Der Zweig aus dem Nervus cutaneus externus ging etwas oberhalb des Nodus hinter dem untern Dritttheil der Vena mediana herab und verästelte sich in der Haut bis zur Mitte an der vordern Seite des Unter-Arms.   Er ersetzte in diesem Falle bei schwacher Entwickelung des Nervus cutaneus medius den Ramus palmaris desselben.

Aus diesen Darstellungen ergiebt sich dass vollkommene Sicherheit vor Verletzung eines der genannten Hautnerven in der Regio cubitalis weder an dem Anfange der Vena cephalica brachialis, noch an der Vena basilica brachialis, oder der Vena mediana superficialis bei der Operation des Aderlasses gegeben ist.   Am seltensten findet aber die Kreuzung statt an der untern Hälfte der Vena mediana obliqua zwischen der Mitte derselben und oberhalb des Nodus cephalico-medianus, sodann an dem untern Theil der Vena cephalica brachialis, zunächst oberhalb des Nodus doch mit Ausschluss des letzteren.   Auf diese besonderen Stellen ist die Angabe von Lisfranc anwendbar.   Es kommen in Betreff der Länge der angedeuteten für den Aderlass am günstigsten Gegenden dieser Venen zwar sehr viele Verschiedenheiten vor.   Sie beträgt aber für die Cephalica doch in der Regel mindestens 5—6 Linien, für die Mediana mindestens 1 Zoll.   Diese Stelle befindet sich in der Regel am untern Ende der Regio cubitalis supraarticularis oder am obern Ende der Regio cubitalis infraarticularis an der Radialseite derselben.

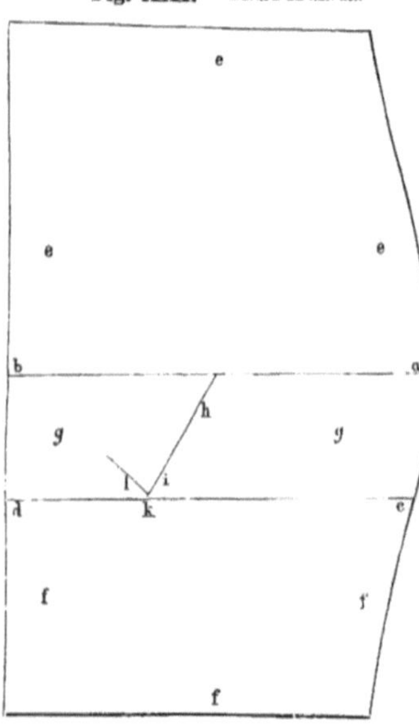

Fig. XXI.   *Barkow ad nat. del.*

Fig. XXI.   Die vordere Fläche des Ellenbogen-Gelenks der rechten Seite. a. Der Condylus internus, b. Der Condylus externus Ossis Humeri zwischen denen die Linea intercondyloidea gezogen ist. c. d. Die Endpunkte der Linea interarticularis. e. e. e. Der oberhalb der Linea intercondyloidea zunächst liegende Theil des Oberarmes. f. f. f. Der zunächst unterhalb der Linea interarticularis gelegene Theil des Vorderarmes. g. g. Die Regio cubitalis supraarticularis. h. i. Das untere Ende der Regio mediana obliqua in welcher die Vena mediana obliqua am häufigsten unberührt von Nervenzweigen bleibt. k. Das obere Ende der Regio nodosa. Der obere Rand des Nodus cephalicomedianus reichte bis an die Linea interarticularis während der Knoten selbst in der Regio cubitalis infraarticularis lag. l. Die Regio cephalica supranodosa, welche in der Mehrzahl der Fälle von Nerven unberührt bleibt.

Am mehrsten genügend für den Aderlass ist in der Regel

die untere Hälfte der Vena mediana. Ist nur eine Vena cephalica brachialis communicans oder gar nur eine Vena ceph. brach. descendens vorhanden, was nicht selten ist, so sind diese wegen ihres geringen Umfanges für den Aderlass nicht geeignet. Die Vena mediana obliqua superficialis hat aber oberhalb des Nodus (obwohl nicht immer) in der bei weitem grösseren Mehrzahl der Fälle die genügende Stärke um ein hinreichendes Blutquantum liefern zu können, welches ihr durch ihre beiden grössten zuführenden Venen, die Vena cephalica antibrachialis und die Vena mediana profunda geliefert wird.

Die oberflächlichen Venen des Vorderarms, die Vena cephal. antibrach., die Vena basilica antibrach. und die Venae longitudinales antibrach. superfic. haben nur ausnahmsweise die genügende Stärke für den Aderlass, obgleich sie zuweilen so stark ausgebildet sind, dass sie leicht durch die Haut durchschimmern. Bei ihren geringeren Anastomosen mit den tieferen Venen würde aber auch bei ihrer Eröffnung wahrscheinlich das Blut bald zu fliessen aufhören.

Nur in seltenen Fällen lässt sich der Verlauf der oberflächlichen Nerven vor dem Ellenbogen-Gelenk durch die Haut durch erkennen, und diese würden alsdann bei der Eröffnung der Venen vermieden werden können. Das sind aber Fälle bei denen überdies der Aderlass am seltensten indicirt sein wird. Bei sehr magern Personen nämlich lässt sich bei hoher Theilung des Nervus cutaneus medius in seinen Ramus palmaris und ulnaris, wenn ersterer hoch oben die Fascia durchbohrt bei gestrecktem Vorderarm der Verlauf desselben vor der Vena mediana bis zur Mitte des Vorderarms und noch weiter abwärts erkennen, indem er wie eine gespannte Saite nach seinem Verlaufe die Haut in die Höhe hebt.

In der Plica cubiti profunda verlaufen die Arteria brachialis, der Nervus medianus und die Venae brachiales (die Vena brachialis profunda externa und die Vena brachialis profunda interna) umgeben von einer Zellgewebscheide. Die Bestimmung des Lagenverhältnisses dieser Theile ist von ausserordentlicher Wichtigkeit. Anatomen und Chirurgen haben es desshalb längst als ihre besondere Aufgabe betrachtet dasselbe zu ermitteln und festzustellen.

Nach Pirogoff[1]) kann man als Regel annehmen, dass der Nervus medianus am Rande des Musculus coracobrachialis nach aussen von der Art. brachialis, in der Mitte des Oberarmes vor, und im Ellenbuge nach innen von derselben liegt.

Der Nerv kreuzt demnach die Arterie in ihrem Verlaufe. Erfolgt auch diese Kreuzung am Oberarm bald etwas höher, bald etwas tiefer, so ist sie doch wenn die Theile in der Plica Cubiti angelangt sind, in der Regel vollbracht. Der Nervus medianus liegt hier an der innern Seite der Art. brachialis. Nur selten erfolgt die Kreuzung erst unmittelbar oberhalb der Stelle wo die Art. brachialis hinter der Vena mediana superficialis niedergeht.

Fig. XXII. Die Regio cubitalis von der linken Seite mit den Venen, Arterien und Nerven. a. Die Vena cephalica antibrachialis. b. c. Die Vena mediana profunda. d. Der Nodus cephalico-medianus. e. e. Die Vena basilica brachialis. f. Die Vena mediana superficialis obliqua. g. Die Vena basilica antibrachialis. h. Die Vereinigung derselben mit der Vena mediana superficialis. i. Die Vena basilica brachialis. k. Dieselbe umgeben

---

[1]) Nicol. Pirogoff's Chirurgische Anatomie der Arterien-Stämme und Fascien neu bearb. von Jul. Szymanowski. Leipzig u. Heidelberg 1860. 8. 58. Tab. 21.

Fig. XXII. *Barkow ad nat. del.*

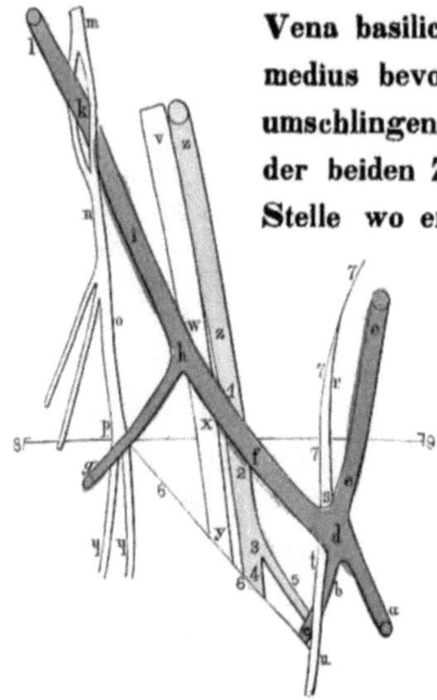

von einer ringförmigen Schlinge des Nervus cutaneus medius. l. Die Vena basilica brachialis oberhalb der Schlinge. m. Der Nervus cutaneus medius bevor er sich in zwei Zweige theilt, welche ringförmig die Vene umschlingen. n. Der Nerv unterhalb der Vene nach Wiedervereinigung der beiden Zweige. o. Die weitere Fortsetzung des Nerven. p. Die Stelle wo er hinter die Vena basilica antibrachialis tritt und sich in die Endzweige, den Ramus palmaris und Ramus ulnaris q. q., theilt. r. s. t. u. Der Nervus cutaneus externus. Er kommt bei r. am äussern Rande des Biceps hervor, erreicht bei s. die Mitte des obern Randes des Nodus cephalicomedianus, hinter den er tritt, kommt dann bei t. an dessen innerem Rande hervor, und geht bei u. vor dem obern Ende der Vena mediana profunda vorbei. v. w. Der Nervus medianus oberhalb der Vena mediana superficialis. x. Derselbe gleich unterhalb dieser Vene. y. Die weitere Fortsetzung desselben gleich oberhalb des Pronator teres. z. z. Die Art. brachialis. 1. Dieselbe wo sie im Begriff ist hinter die Vena med. superfic. zu treten, 2. dieselbe gleich unter dieser Vene, 3. die Theilung derselben in die mit 4. bezeichnete Art. uln. und die mit 5. bezeichnete Art. rad. 6. 6. Der äussere Rand des Musc. pronat. teres. 7. 7. 7. Der äussere Rand des Muscul. biceps brachii. 8—9. Die Linea cubit. interarticularis. Die Venae brachiales profundae sind durch die Präparation entfernt.

Fig. XXIII. Die Venae cubitales nebst den Nerven und Arterien von der linken Seite. Es ist eine Vena mediana superficialis ceph. und eine Vena mediana superficialis basilica vorhanden. a. Die Vena cephalica antibrachialis. b. Die Vena longitudinalis antibrachii superficialis externa. c. Der Nodus cephalicomedianus der die beiden vorigen Venen aufnimmt. d. Die in den Nodus übergehende starke Vena mediana profunda. e. Die Vena brach. profunda externa. f. g. Die Venae radiales antibrachiales profundae. h. h. Die Vena mediana cephalica. i. k. k. Die Fortsetzung der Vena brachialis profunda externa am Oberarm. l. l. l. Die Vena brachialis profunda interna hervorgegangen aus der Vena antibrach. ulnaris communis. m. m. m. Die Vena mediana basilica. n. Die Vena basilica antibrachialis. o. Die Verbindung derselben mit der Vena mediana basilica. p. p. Die Vena basilica brachialis. q. Eine in die Vena mediana basilica einmündende starke Vena longitudinalis antibrachialis interna superficialis. r. r. r. Die Art. brachialis. s. s. Der Nervus medianus oberhalb der Vena mediana superficialis. t. t. Die Fortsetzung desselben unterhalb der

Fig. XXIII. *Barkow ad nat. del.*

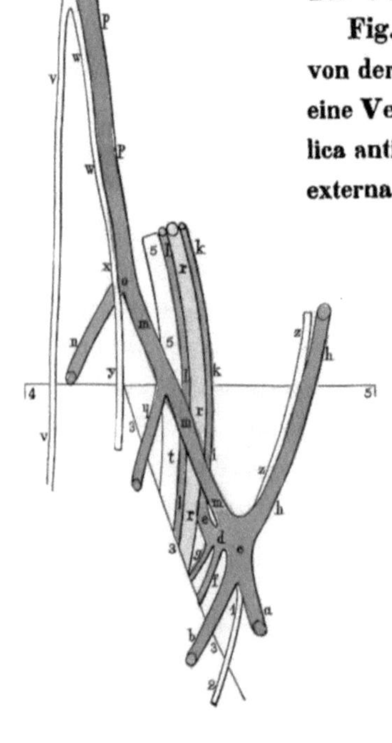

Vene. u. Der Nervus cutaneus medius an der innern Seite der Vena basilica brachialis. v. v. Der Ramus ulnaris, w. w. x. y. der Ramus palmaris desselben, der an der innern Seite der Vena basilica brachialis und vor dem obern Ende der Vena basilica antibrachialis zum Vorderarm herabgeht. z. z. Der Nervus cutaneus externus nachdem er am äussern Rande des Biceps brachii hervorgetreten ist, in seinem Verlaufe an der innern Seite der Vena cephalica brachialis. Er geht hinter den Nodus cephalico-medianus herab. 1. 2. Die Fortsetzung des Nerven unterhalb des Nodus. 3. 3. 3. Der äussere Rand des Musculus pronator teres. 4. Der Condylus internus, 5. der Condylus externus Humeri, beide verbunden durch die Linea intercondyloidea.

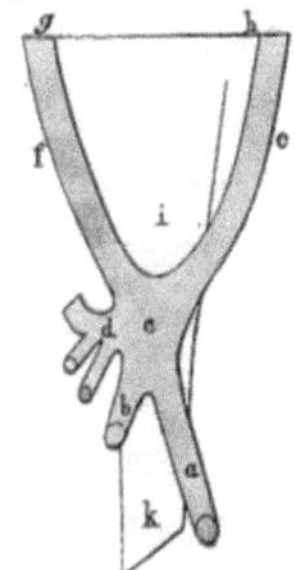

Fig. XXIV. *Barkow ad nat. del.*

Fig. XXIV. Der auf Fig. XXIII. dargestellte Nodus cephalico-medianus nebst den grösseren mit ihm in Verbindung stehenden Venen in seinem Verhalten zur Sehne des Biceps. a. Die Vena ceph. antibrach. b. Die Vena antibrach. longitudinalis superfic. interna. c. Der Nodus cephalico-medianus. d. Die Vena mediana profunda. e. Die Vena med. cephalica. f. Die Vena mediana basilica. g. h. Der mittlere Theil der Linea intercondyloidea. i. Der Tendo communis Bicipitis oberhalb des Nodus. k. Der Tendo flexorius unterhalb des Nodus bis zu seiner Insertion am Tuberculum Radii.

Fig. XXV. Die Regio cubitalis von der rechten Seite mit den Venen, Nerven und Arterien. a. Die Vena cephalica antibrach. b. Die schwächere Vena radialis antibrach. profunda externa. c. Die Vena med. profunda gebildet durch die Vena radialis antibrachialis profunda interna und Vena interossea communis. d. Der Nodus cephalicomedianus. e. e. Die Vena cephalica brachialis. f. Die Vena mediana superficialis obliqua. g. h. Die Vena basilica antibrachialis. i. i. Die Vena basilica brachialis. k. Eine in das obere Ende der Vena basilica antibrachialis übergehende Vena longitudinalis antibrachialis interna. l. Die Art. brachialis oberhalb der Vena mediana superficialis. m. Die Fortsetzung derselben unterhalb der Vena mediana superficialis. n. Die Art. ulnaris. o. Die Art. radialis. p. p. Der Nervus medianus oberhalb der Vena mediana superficialis. Er kreuzt die Art.

Fig. XXV. *Barkow ad nat. del.*

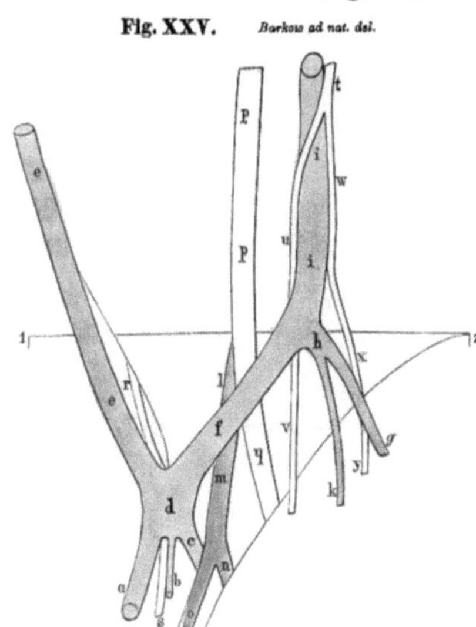

brachialis ungewöhnlich tief, indem er erst unmittelbar oberhalb der Vena mediana von der äussern zur innern Seite der Arterie hinübergeht. q. Die Fortsetzung des Nervus medianus unterhalb der Vena mediana superficialis. r. Der Nervus cutaneus externus am äussern Rande des Musculus biceps brachii. Er geht hinter dem Nodus cephalico-medianus an den

Vorderarm herab. s. Die Fortsetzung des Nerven unterhalb des Nodus. t. Der Nervus cutaneus medius an der innern Seite der Vena basilica brachialis wo er sich in den Ramus palmaris und Ramus ulnaris theilt. u. v. Der Ramus palmaris des Nerven. Er geht anfangs vor der Vena basilica brachialis, dann an deren innern Seite, ferner hinter dem obern Ende der Vena mediana superficialis zum Vorderarm herab. w. x. y. Der Ramus ulnaris des Nervus cutaneus medius. Er verläuft anfangs nahe an der innern Seite der Vena basilica brachialis, dann hinter dem obern Ende der Vena basilica antibrachialis herab. z. Der Condylus internus, 1. der Condylus externus Ossis humeri. Zwischen beiden Condylen ist die Linea intercondyloidea gezogen.

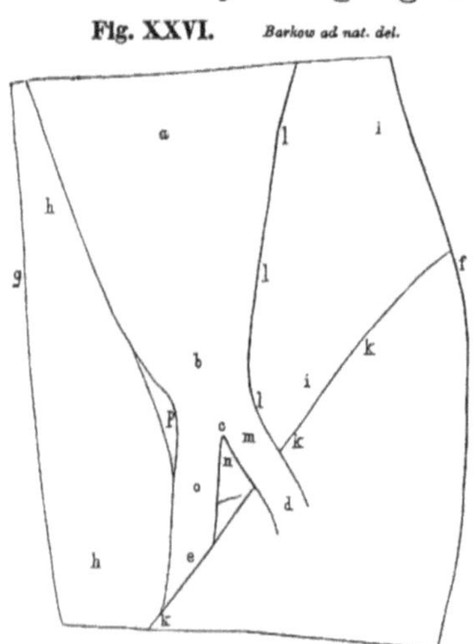

Fig. XXVI. Lineare übersichtliche Darstellung der Regio cubitalis der rechten Seite nebst Andeutung der Stellen an denen wichtigere Theile bei der Operation des Aderlasses verletzt werden können. a. Der Bauch des Musculus biceps brachii. b. Der Tendo communis desselben. c. Die Theilungsstelle des letzteren. d. Das Crus aponeuroticum der Biceps-Sehne, welches in die Fascia antibrachii übergeht. e. Der Tendo flexorius Bicipitis. f. Der Condylus internus, g. der Condylus externus Ossis humeri. h. h. Der Musc. supinator longus. i. i. Der Musc. brach. internus. k. k. k. Der freie Rand des Musc. pronator teres. l. l. l. m. n. o. Die Richtung in welcher die Vena mediana obliqua superficialis verläuft. l. l. l. Die Gegend in welcher am leichtesten der Nervus cutaneus medius, m. die Gegend in welcher am leichtesten der Nervus medianus, n. o. die Gegend in welcher am leichtesten die Art. brachialis, p. die Gegend in welcher am leichtesten der Nervus cutaneus externus (bei Eröffnung der Vena cephalica brachialis) verletzt werden kann.

Bei der Beschreibung der Venae brachiales ist bereits (S. XVI. XVII.) der Anastomosen gedacht, welche diese Venen einfach oder netzartig verbinden und die Art. brachialis vorzüglich in der Plica cubitalis profunda bedecken oder umstricken. Es erstreckt sich das Rete venosum cubitale praearteriosum in manchen Fällen über das Ende der Art. brachialis und den Anfang der Art. radialis[1]), oder selbst über das Ende der Art. brachialis und die Anfänge beider Vorderarm-Arterien, der Art. radialis und der Art. ulnaris. In andern Fällen wird die Art. brachialis in der Regio cubitalis und von dieser aufwärts bald in einer grösseren, bald in einer geringeren Strecke von vorne verdeckt. Pirogoff[2]) bildet einen Fall ab, in dem beide Venae brachiales, die Vena brachialis interna und externa unterhalb der Mitte des Oberarmes zu einer Vena brachialis communis secundaria sich vereinigen.

---

[1]) A. C. Bock a. a. O. T. 12, Fig. 1. bildet einen derartigen Plexus venosus praearteriosus brachioradialis ab.

[2]) a. a. O. S. 56. T. 21.

Diese steigt der Länge nach über das mittlere Dritttheil des Oberarmes vor der Art. brachialis gelegen diese bedeckend in die Höhe, geht dann hinter dem Nervus medianus an die innere Seite der Arterie, und verbindet sich etwas unterhalb des obern Dritttheiles des Oberarms mit der Vena basilica zur Vena brachialis communis primaria. In einem Falle fand ich dass die Vena antibrachialis ulnaris communis in der Regio cubitalis superior mit der Vena antibrachialis radialis communis vor der Art. brachialis zu einer Vena brachialis communis secundaria sich verband. Diese ging vor der Art. brachialis bis zur Mitte des Oberarmes in die Höhe, dann an die äussere Seite der Arterie und an dieser bis zur Achselhöhle aufwärts, wo sie in die Vena axillaris überging. Die Vena basilica brachialis war ungewöhnlicher Weise nur ein schwaches Zweiglein, verlief aber sonst wie gewöhnlich und verband sich in der Achselhöhle mit der Vena axillaris. Eine Verdeckung der vordern Seite der Art. brachialis kann endlich auch dadurch erfolgen, dass beide Venae brachiales, ohne in einander zu münden, und ohne sich seitlich an die Art. brachialis anzulegen, von der Plica cubiti aus sich gerade vor die Arterie lagern und vor dieser aufsteigen. Hierher gehört der S. XXV. Fig. VI. abgebildete Fall, in dem beide Venae brachiales von ihrem Anfange an bis oberhalb der Mitte des Oberarms durch kurzes Zellgewebe unter einander verbunden, vor der Arterie in die Höhe gingen, und sich dann erst zu einer Vena brachialis communis secundaria vereinten.

Durch dies Lagenverhältniss der tiefen Venen zur Art. brachialis und zu den Ursprüngen der Art. ulnaris und Art. radialis, können Operationen in ihrer Nähe und an ihnen selbst, namentlich nöthig werdende Unterbindungen derselben, sehr schwierig und in ihren Folgen gefährlich werden. Können die Arterien von den Venen, ohne dass jene in zu weitem Umfange blosgelegt werden, vollständig isolirt werden, so ist dies natürlich zu bewerkstelligen. Hyrtl[1]) rügt, dass bei der Operation eines Aneurysma varicosum ein minder gewissenhafter Operateur mit der Arterie zugleich die benachbarten Venen gefasst und eingeschnürt habe. In Fällen aber, in denen ungewöhnlicher Weise Venen und Arterien durch kurzes und dichtes Zellgewebe sehr innig verbunden sind, die Arterien von den Venen in der angegebenen Weise umstrickt werden, die hinter den Arterien liegenden venösen Schlingen selbst nach Bloslegung der Arterien nicht genügend übersehen werden können, dürfte es wohl vorzuziehen sein, die Venen und Arterien gleich mit derselben Ligatur zu umschlingen und zusammen zu schnüren, statt bei vergeblichen Versuchen der Isolirung die Venen vorher halb durch- oder anzuschneiden, um sie hinterdrein noch ganz oder halb mit in die Ligatur zu bringen. Die doppelte nachtheilige Einwirkung auf die Venen könnte um so eher den unglücklichen Ausgang der Operation bedingen.

---

[1]) Topographische Anatomie. Bd. II. 1847. S. 222.

Erklärung der Tafeln.

Tabula I.

Erste Tafel.

Diese Tafel enthält Darstellungen der oberflächlichen, zum Theil der tiefen Venen vom Ober- und Unterarm, besonders in der Nähe des Ellenbogen-Gelenkes und der vordern Seite desselben in ihren Lagen-Verhältnissen zu den Arterien und Nerven. Fig. I. II. IV. gehören der rechten, Fig. III. gehört der linken Seite an. Auf allen Figuren ist der Oberarmtheil aufwärts, der Vorderarmtheil abwärts gerichtet.

Fig. I. A. A. Noch mit der Cutis bedeckter Oberarmtheil. B. Condylus internus humeri. C. Regio condyloidea externa. D. D. Mit der Cutis noch bedeckter Vorderarmtheil.

a. a. Die Fascia humeri. b. b. Die Fascia antibrachii. c. Der gemeinschaftliche Bauch des Musc. biceps brachii. d. Die gemeinschaftliche Sehne des Musculus biceps brachii. e. Der in die Tiefe an das Tuberculum radii gehende Tendo flexorius derselben. f. Das in die Fascia antibrachii übergehende Crus aponeuroticum derselben an der Stelle wo der Ramus palmaris des Nervus cutaneus medius vor ihm herabgeht. g. g. Die Vena basilica antibrachialis. h. Die Vena collateralis ulnaris, welche über dem Condylus internus humeri entspringt, nach vorne und unten herabgeht und in die Vena basilica einmündet. i. Die Vena basilica in geringer Entfernung von der Stelle wo sie die Vena mediana superficialis aufnimmt. k. Die Vena basilica brachialis. l. Die Stelle wo diese unter die Fascia brachii tritt. m. Die Vena cephalica antibrachialis. n. Die aus der Tiefe an der Radialseite des Anfangs der Art. radialis hervorkommende sehr starke Vena mediana profunda. o. o. Die Vena mediana obliqua superficialis. p. Die nur schwache Vena cephalica brachialis. q. q. Die Vena brachialis profunda externa. r. r. Die Vena brachialis profunda interna. s. s. Die Art. brachialis. t. Das untere Ende derselben oberhalb der Theilung in die Art. radialis und Art. ulnaris, wo sie zwischen dem Crus aponeuroticum und dem Tendo flexorius des Musculus biceps liegt. u. Der Ursprung der Art. ulnaris. v. Die Art. radialis. w. Der Ramus palmaris des Nervus cutaneus medius, welcher weit oben entspringt, früh die Fascia durchbohrt, zwischen der schwächeren obern

Vena mediana obliqua superficialis accessoria und der stärkern Vena mediana obliqua primaria herabgeht. x. Die Fortsetzung des Ramus palmaris des Nervus cutaneus medius am Vorderarm. y.y.y. Der Ramus ulnaris des Nervus cutaneus medius. Er verläuft am Oberarme grade vor der Vena basilica brachialis, geht vor dem Winkel herab in welchem diese durch die Vereinigung der Vena basilica antibrachialis und der Vena mediana obliqua superficialis entspringt. z. z. Zweige des Ramus ulnaris des Nervus cutaneus medius. 1. 1. Der Nervus medianus. 2. 2. Der Nervus cutaneus externus. 3. 3. Der Nervus ulnaris.

Die Vena mediana superficialis ist halbdoppelt indem eine Vena mediana superficialis accessoria superior vorhanden ist. Diese geht hervor aus einer Hautvene an der Radialseite des obern Endes des Vorderarmes, verläuft schräge von der Radialseite gegen die Ulnarseite einige Linien oberhalb der Vena mediana obliqua superficialis primaria, parallel mit dieser und mündet in diese etwas oberhalb der Mitte derselben ein. Besonders bezeichnet ist sie auf der Tafel nicht. Sie kreuzt sich in ihrem Verlaufe mit dem Nervus cutaneus externus brachii, dem Anfange der Vena cephalica brachialis, dem untern Ende der Art. brachialis und dem Ramus palmaris des Nervus cutaneus medius. Gleich oberhalb der Kreuzungsstelle mit der letzteren findet ihre Verbindung mit der Vena mediana superficialis primaria statt.

Fig. II. A. Die Haut an der vordern Seite des untern Endes des Oberarms. B. B. Die Haut der vordern Seite des Unterarmes.

a. a. a. a. a. Die Schnittfläche des sehr dicken Panniculus adiposus. b. Der Musculus biceps brachii. c. Dessen Sehne. d. Die Schnittfläche des entfernten Crus aponeuroticum des Biceps. e. Der Tendo flexorius Bicipitis. f. Ein Theil der Fascia an der Radialseite des Ellenbogen-Gelenkes. g. g. Ein Theil der Fascia antibrachii an der Ulnarseite des Vorderarmes. h. Das obere Ende der Vena cephalica antibrachialis. i. k. Die Vena cephalica brachialis. l. l. Die Vena basilica antibrachialis. m. Die Vena basilica brachialis. n. n. Die Vena mediana obliqua superficialis. o. Die Vena brachialis profunda interna. Sie entsteht durch die Vereinigung beider Venae ulnares antibrachiales erst nachdem diese noch eine ziemlich bedeutende Strecke am Oberarm getrennt in die Höhe gegangen sind, und hat auf der Figur die Seite der Art. brachialis noch nicht erreicht. p. Die Vena brachialis externa profunda. Sie liegt grade vor der Art. brachialis. q. Die Art. brachialis. r. Der Anfang der Art. radialis. s. Der Anfang der Art. ulnaris. t. Der Nervus cutaneus medius. u. u. Ein starker am Ellenbogen-Gelenk niedergehender Zweig desselben. v. Der Ramus palmaris desselben. w. x. y. z. Zweige des Ramus ulnaris desselben. 1. 1. Der Nervus medianus. 2. Der Nervus cutaneus externus an der Stelle wo er am äussern Rande der Sehne des Biceps hervorkommt. Er verläuft an der innern Seite des Anfangs der Vena cephalica brachialis und dann bedeckt von dem Anfange der Vena mediana superficialis obliqua herab. Nicht besonders bezeichnet sind eine Vena longitudinalis superficialis media antibrachialis, welche oberhalb der Mitte der Vena mediana obliqua superficialis in diese einmündet und ein Paar andere kleinere Venen.

Fig. III. Es sind zwei Venae medianae obliquae superficiales vorhanden, eine untere kürzere aber stärkere primaria, und eine obere längere aber schwächere accessoria (s. secundaria). A. A. A. Die Fascia humeri an der innern Seite des Oberarmbeines. B. Der Condylus internus humeri. C. C. Die Fascia humeri am äussern Theile der vordern Hälfte des Oberarmes. D. D. D. D. D. Die Fascia antibrachii. E. E. E. Der Musculus biceps brachii. Die beiden oberen E. bezeichnen den Muskelbauch, das untere E. bezeichnet das Crus aponeuroticum seiner Sehne am Uebergange in die Fascia antibrachii unterhalb der Vena mediana superficialis inferior.

a. a. a. Die Art. brachialis. b. b. Die sehr starke Vena brachialis profunda communis primaria gebildet durch die Vereinigung der Vena basilica brachialis profunda und der Vena brachialis profunda secundaria. c. c. Die starke Vena brachialis profunda interna. d. d. Die etwas schwächere Vena brachialis profunda externa. e. Das obere Ende der Vena brachialis profunda externa, welches bis in die Achselhöhle neben der Art. brachialis in die Höhe reicht, oben aber schwächer ist und bei f. gleichzeitig mit einer starken Muskel-Vene in den Stamm der Vena brachialis profunda externa übergeht. Letztere geht dann hinter der Art. brachialis zu deren inneren Seite herüber und verbindet sich hier mit der Vena brachialis profunda interna zu einer kurzen Vena brachialis profunda communis secundaria, welche sich alsbald mit der Vena basilica brach. profunda zur Vena brachialis communis primaria vereint. g. Die Vena basilica brach. superficialis. h. h. Die Vena basilica antibrachialis. i. i. Eine Vena superficialis antibrachialis media longitudinalis, welche anfangs mehr vor der Mitte des Vorderarmes verläuft, dann mehr schräg nach innen aufsteigt und etwas oberhalb der Grenze des mittleren und oberen Drittheils der Vena mediana superficialis obliqua inferior in diese übergeht. k. k. Eine ausserordentlich starke Vena superficialis antibrachialis longitudinalis externa, welche an der Radial-Seite des Vorderarms, etwas schräger als gewöhnlich nach innen geneigt, aufwärts gegen den äussern Rand des Crus aponeuroticum des Biceps in die Höhe geht, und sich hier in die Vena mediana superficialis obliqua inferior und den Anfang der Vena cephalica brachialis theilt. Diese Theilungs-Stelle erreicht die Mitte vor der Sehne des Biceps nicht, macht aber den Uebergang zu der Bildung, in welcher eine Vena mediana basilica und Vena mediana cephalica angenommen wird. l. l. Die Vena cephalica antibrachialis anterior. Sie geht gegen den Sulcus bicipitalis externus in die Höhe und theilt sich hier in einen kurzen äussern und einen langen inneren Zweig. Der kurze äussere Zweig ist kaum 2 Linien lang und verbindet sich sofort mit der sehr starken Vena cephalica brachialis. Der innere lange mit m. m. bezeichnete Zweig ist die Vena mediana obliqua superficialis superior s. accessoria. Sie ist über 3½ Zoll lang, geht schräg nach innen und oben bis fast zur Mitte der innern Seite des Oberarms in die Höhe, verbindet sich mit einem vom obern Theile der Rückenseite des Vorderarmes über dem Condylus internus humeri aufsteigenden mit n. bezeichneten Zweige, und mündet in die Vena basilica brachialis profunda an der mit o. bezeichneten Stelle ein. p. p. Die Vena cephalica antibrachialis posterior. Sie mündet etwas oberhalb des beschriebenen Zweiges der Vena cephalica antibrachialis anterior in die Vena cephalica brachialis. q. Der Anfang der Vena cephalica brachialis am äussern Rande der Sehne des Biceps. r. r. Die Fortsetzung der Vena cephalica brachialis an der äusseren Seite des Oberarmes. s. s. Die Vena mediana superficialis obliqua inferior. t. t. Der Nervus medianus. Er ist wie auch der Musculus biceps in der grösseren Strecke seines Verlaufes (mit Ausnahme seines untern Endes im Ellenbogen-Gelenk) stark nach aussen gezogen, damit das Verhalten der tieferen Oberarm-Venen zur Art. brachialis deutlicher dargelegt werden konnte. Die beiden Venae brachiales profundae sind vor dem Ellenbogen-Gelenk zwischen dem Crus aponeuroticum und dem Tendo flexorius Bicipitis zu einer kurzen gleich wieder nach oben sich theilenden Vena brachialis profunda communis secundaria vereint, welche das peripherische (untere) Ende der Art. brachialis von vorne bedeckt. u. u. Der Nervus ulnaris. v. Der Nervus musculocutaneus (s. cutaneus externus) an der Stelle wo er zwischen den Musculus brachialis internus und Biceps tritt. w. w. Der Nervus cutaneus internus. x. x. Der Nervus cutaneus medius. Er verläuft anfangs vor der Art. brachialis, an der äussern Seite der Vena brachialis profunda communis primaria und der Vena basilica brachialis profunda, geht vor der Stelle herab wo in diese die Vena mediana accessoria übergeht, giebt hier einen starken in der Richtung gegen den Condylus internus humeri herabgehenden Hautzweig, verläuft weiterhin Anfangs vor der Vena basilica brachialis, dann an deren äussren Seite herab und theilt sich hier in den Ramus palmaris und den Ramus ulnaris. Dieser geht hinter, jener geht vor dem obern Dritttheil der Vena obliqua mediana inferior zum Vorderarm herab. y. y. Der Ramus ulnaris, z. z. der Ramus palmaris des Nervus cutaneus medius. Nicht besonders bezeichnet ist die Uebergangsstelle der Vena mediana profunda in den Nodus medianus der hier gebildet wird durch die Vereinigung der letzteren mit der Vena longitudinalis antibrachialis superficialis externa. Es befindet sich dieser Nodus unterhalb des untern s. Er ist leicht zu erkennen an der starken aber nur eine kurze Strecke sichtbaren Vena med. profunda, welche am äussern Rand des Crus aponeuroticum Bicipitis hervorkommt. Hier mündet auch noch ein kleinerer die Fascia durchbohrender nicht besonders bezeichneter Venen-Zweig in den Nodus ein.

Fig. IV. Die Cutis ist grösstentheils entfernt, die Fascia humeri et antibrachii grösstentheils erhalten, nur in der Regio cubitalis, etwas oberhalb und unterhalb derselben ist sie entfernt. Es ist eine Vena mediana superficialis obliqua inferior und superior vorhanden.

A. Ein mit der Cutis noch bedeckter Theil in der Delta-Gegend des Oberarms. B. C. C. weiter abwärts liegende mit der Cutis noch bedeckte Stellen der äussern Seite des Oberarms und des Vorderarms. D. Mit der Cutis noch bedeckter Theil der innern Seite des Vorderarms. E. Mit der Cutis noch bedeckter Streif der vordern Fläche des Vorderarms. F. Die innere Seite des Oberarms. G. Der Condylus internus humeri.

a. a. Die Fascia humeri. b. b. b. b. Die Fascia antibrachii. c. Die gemeinschaftliche Sehne des Musculus biceps brachii. d. Das Crus aponeuroticum derselben. e. Der Tendo flexorius derselben. f. Das obere Ende der Vena cephalica brachialis. g. g. Die Vena cephalica brachialis weiter abwärts in ihrem Verlaufe am Oberarm. h. h. Die Vena cephalica antibrachialis. i. Die Stelle wo diese die sehr starke Vena mediana profunda aufnimmt und die Vena mediana superficialis obliqua superior abgiebt. k. Die Stelle wo die Vena cephalica antibrachialis die Vena mediana obliqua inferior abgiebt. l. Eine Vena superficialis antibrachialis anterior media, welche in die untere Hälfte der Vena mediana obliqua inferior übergeht. m. Eine Vena longitudinalis superficialis antibrachialis interna, welche in die Mitte der Vena mediana superfic. inferior übergeht. o. o. Die Vena mediana superficialis obliqua inferior. p. Die Vena mediana superficialis obliqua superior. Sie beginnt an der Verbindungsstelle der Vena mediana profunda mit der Vena cephalica, geht schräge nach innen und oben in die Höhe, und mündet in den obern Theil der Vena mediana obliqua inferior etwas unterhalb der Stelle wo diese mit der Vena basilica antibrachialis sich zur Vena basilica brachialis verbindet. q. Die Vena basilica antibrachialis. r. Die sehr starke Vena basilica brachialis superficialis vor welcher der Nervus cutaneus medius herabgeht. s. Die Art. brachialis. t. Die Art. radialis. u. Die Art. ulnaris. v. v. Die Vena brachialis profunda externa. w. x. Die Vena brachialis interna profunda. Beide sind durch einen starken Plexus venosus praearteriosus brach. vor dem unteren Ende der Art. brach. etwas oberhalb der Theilungsstelle derselben in die Art. ulnaris und Art. radialis vereint. y. Der Nervus cutaneus externus am äusseren Rande des Biceps. 1. Ein starker Nerven-Zweig, der zur innern Seite des obern Endes des Vorderarms geht, aber schon oberhalb des Foramen basilicum Fasciae humeri aus dem Nervus cutaneus medius entspringt und weiter abwärts vor dem Condylus internus mit 3 bezeichnet ist. 2. 2. 2. Der Stamm des Nervus cutaneus medius. Er verläuft der ganzen Länge nach vor der Vena basilica abwärts und vor dem Winkel, welcher durch die Vereinigung der Vena mediana obliqua superficialis und der Vena basilica antibrachii gebildet wird. 4. 4. 4. Der Nervus medianus.

Tabula II.

Zweite Tafel.

Diese Tafel enthält Darstellungen der an der vordern Seite des Ellenbogen-Gelenkes, des untern Theiles des Ober-Armes und des obern Theiles des Vorder-Armes gelegenen Gefässe und Nerven. Die Arterien sind roth, die Venen blau colorirt Fig. I. II. IV. gehören der linken, Fig. III. gehört der rechten Extremität an.

Fig. I. A. B. C. Gegenden des Ober- und Vorderarmes, welche noch mit der Cutis bedeckt sind. D. Der Condylus internus humeri. E. Die äussere Seite des Oberarmes. F. Die äussere Seite des Vorderarmes. a. a. a. a. a. Die Fascia humeri. b. Die Fascia antibrachii. c. Der Bauch des Biceps brachii. d. Dessen Tendo communis. e. Das Crus aponeuroticum desselben. f. Die Theilungs-Stelle des Tendo communis in das Crus aponeuroticum und den in die Tiefe gehenden nicht weiter sichtbaren Tendo flexorius. g. g. Die Vena cephalica antibrachialis. h. Der sehr schwache Anfang der Vena cephalica brachialis. i. Die Vena mediana superficialis obliqua. k. Die Vena basilica antibrachialis. l. Eine starke Vena superficialis antibrach. anterior interna, welche in die mit m. bezeichnete Fortsetzung der Vena basilica antibrachialis übergeht. n. Die Vena basilica brachialis superficialis. o. o. Die Vena basilica brachialis profunda. p. p. Die Art. brachialis. q. Die Fortsetzung derselben wo sie vor dem Ellenbogen-Gelenk im Begriff ist unter das Crus aponeuroticum des Tendo Bicipitis zu treten. r. Der Anfang der Art. radialis. s. s. s. Der Nervus medianus. Das oberste s. bezeichnet die Stelle wo dieser Nerv die Art. brachialis kreuzt, indem er von dessen äusserer zu dessen innerer Seite hinübergeht. t. u. Der Nervus cutaneus medius. v. Der Ramus cutaneocondyloideus internus desselben, der zur Haut des Vorderarmes in der Richtung gegen den Condylus internus niedergeht. Die Fortsetzung des Nerven geht hinter dem obern Ende der Vena mediana superficialis herab und ist weiterhin mit w. w. bezeichnet. Das untere w. bezeichnet den starken Ramus palmaris, während der schwächere Ramus ulnaris nicht besonders beziffert ist.

Fig. II. A. Mit der Cutis noch bedeckter Theil des Oberarmes. B. Der Condylus internus, C. der Condylus externus humeri ebenfalls noch mit der Cutis bedeckt. D. Mit der Cutis noch bedeckter Theil des Vorderarms durch welche die mit der Injectionsmasse gefüllten Venen durchschimmern. a. a. Die Fascia humeri. b. b. b. b. Die Fascia antibrachii. c. Das Crus aponeuroticum der Sehne des Musculus biceps brachii. d. Der Tendo flexorius desselben. e. Die Vena basilica brachialis superficialis an der Stelle wo sie durch das Foramen basilicum der Fascia in die Tiefe dringt. f. Die Vena basilica brachialis superficialis weiter abwärts. g. Dieselbe nahe oberhalb der Stelle wo sie aus der Vereinigung der Vena basilica antibrachialis und einer Vena longitudinalis anterior superficialis antibrachii hervorgeht. h. Die Vena basilica antibrachialis. i. i. Die Vena antibrachialis longitudinalis superficialis anterior interna oberhalb der Stelle wo sie durch einen Nodus venosus mit der Vena antibrachialis superficialis anterior media verbunden ist. k. Die Vena mediana transversa, welche in querer Richtung verläuft und die Vena longitudinalis antibrachii superficialis interna mit der Vena cephalica antibrachialis anterior verbindet. l. Die Vena longitudinalis anterior superficialis interna unterhalb der Stelle wo sie durch den Nodus venosus mit der Vena longitudinalis media verbunden ist. m. Die Vena longitudinalis media anterior superficialis unterhalb des Nodus. n. Dieselbe oberhalb des Nodus. Sie geht in die Vena cephalica antibrachialis anterior über. o. Der Nodus venosus, welcher die Vena longitudinalis anterior superficialis interna und media verbindet. p. p. Die Vena cephalica antibrachialis anterior. q. q. Die Vena cephalica antibrachialis posterior. r. Die Vereinigung der Vena cephalica anterior und posterior. s. s. Die Vena cephalica brachialis. t. Der Nervus cutaneus medius der an der innern Seite der Vena basilica brachialis herabgeht, und bei u. sich in zwei Zweige theilt von denen der eine vor, der andere hinter der Uebergangsstelle der Vena longitudinalis anterior superficialis antibrachii in die Vena basilica brachialis fortgeht. Diese beiden Zweige bilden einen Nervenring um die genannte Vene, vereinigen sich unterhalb derselben wieder zu einem mit v. bezeichneten Stamm der sich bei w. in zwei Zweige theilt. x. Der Nervus cutaneus externus oberhalb des obern Endes der Vena cephalica antibrachialis anterior hinter welcher er herabgeht. y. Die Fortsetzung des Nerven unterhalb der genannten Vene. Der starke Nerv geht ungewöhnlicher Weise zur Mitte der vordern Seite des Vorder-Arms herab und ist in seinem weiteren Verlaufe mit z. bezeichnet wo er sich in zwei Endzweige theilt. 1. Eine starke Vena mediana profunda, welche in die Vena cephalica antibrachialis einmündet. 2. Eine Vena brachialis profunda communis secundaria, welche das untere Ende der Art. brachialis von vorne verdeckt und nach kurzem Verlaufe aufwärts sich in die Vena brachialis profunda interna und externa theilt.

Fig. III. und **IV.** gehören einer und derselben Person, einem Manne an dessen Venen überhaupt ganz ausserordentlich stark entwickelt waren. An den untern Extremitäten erschienen sie im hohen Grade varicös. Sowohl an den obern als an den untern Gliedmassen schimmerten in der Leiche, noch vor der an ihnen vorgenommenen Injection die mit Blut gefüllten oberflächlichen Venen durch die äussere Haut durch.

Fig. III. Die Ansicht des Präparats ist theils von der vordern, theils von der innern Seite des Gliedes aufgenommen. Es sind zwei Venae medianae superficiales obliquae vorhanden, eine stärkere inferior und eine obwohl schwächere doch auch nicht unbedeutende superior. A. A. Der Oberarm oberhalb des Ellenbogen-Gelenkes. B. Die Gegend oberhalb des Olecranon. C. Ein Theil der Fascia humeri am untern innern Ende desselben. D. D. D. Die Fascia antibrachii. E. Das untere Ende des Bauches des Musculus biceps brachii. F. Die Sehne des Biceps. a. a. Die Art. brachialis. b. Der Anfang der Art. radialis. c. Die Vena cephalica antibrachialis unterhalb des Abganges der Vena mediana superficialis obliqua inferior. d. Der Anfang der Vena cephalica brachialis zwischen dem Ursprunge der Vena mediana superficialis inferior und superior. e. Die Vena cephalica brachialis in ihrem weiteren Verlaufe aufwärts. f. f. Die Vena mediana superficialis obliqua inferior. g. g. Die Vena mediana obliqua superficialis superior. h. h. Die

Vena basilica antibrachialis. i. i. Eine in das obere Ende derselben übergehende Vena longitudinalis superficialis anterior antibrachii. k. Die durch die Aufnahme der letztern verstärkte weitere Fortsetzung der Vena basilica antibrachialis. l. l. Die Vena basilica brachialis superficialis in welche beide die untere und obere oberflächliche Medianvene übergehen. m. m. Eine Anastomose zwischen der Vena longitudinalis superficialis antibrachii interna und der Vena collateralis ulnaris superficialis und profunda. n. Die Vena collateralis ulnaris superficialis. o. Die sehr starke Vena collateralis ulnaris profunda. p. Der Strich zu der zu bezeichnenden Stelle ist aus Versehen zur Vena brachialis profunda interna geführt. Er gehört zu dem neben und vor dieser liegenden Nervus cutaneus medius. Dieser geht hinter den obern Enden der Vena mediana obliqua superior et inferior herab. Seine Endzweige am Vorderarme sind mit q. und r. bezeichnet. s. t. Zweige des Nervus cutaneus internus, welche gegen den Condylus internus humeri herabgehen. u. Der Nervus medianus. v. Der Nervus ulnaris. w. Die sehr starke Vena brachialis profunda interna. Die nur schwache Vena brachialis profunda externa ist nicht besonders bezeichnet. Sie anastomosirt mit der interna durch einen vor der Art. brachialis schräg nach innen und oben in die Höhe gehenden Zweig. Nicht besonders bezeichnet ist auch die Vena mediana profunda, welche als Fortsetzung der Vena radialis profunda externa in den ebenfalls nicht besonders bezeichneten Nodus cephalico-medianus übergeht. Dieser entsteht durch Vereinigung der Vena mediana profunda mit der Vena cephalica antibrachialis und giebt nach aufwärts die Vena mediana obliqua superficialis inferior (f. f.) und die Vena cephalica brachialis (d.) ab.

Fig. IV. Die Figur zeigt auch zwei Venae medianae superficiales obliquae, welche parallel neben einander verlaufen, eine schwächere superior und eine stärkere inferior. A. A. Der Oberarm oberhalb des Ellenbogen-Gelenkes. B. Der Condylus internus humeri. C. C. Noch mit der Cutis bedeckter Theil des Vorderarms durch den die sehr stark entwickelten Venen durchschimmern. D. D. Die Fascia brachii. E. E. E. Die Fascia antibrachii. F. Der Musculus biceps brachii. G. Der Tendo flexorius desselben. a. a. Die Arteria brachialis. b. Die Vena longitudinalis antibrachii anterior superficialis externa, welche von unten und von der Radialseite schief nach innen aufsteigend in die Vena mediana obliqua inferior etwas oberhalb deren Mitte einmündet. c. Die Vena cephalica antibrachialis. d. Die Vena cephalica brachialis. e. e. Die Vena mediana superficialis obliqua inferior. f. f. Die Vena mediana superficialis obliqua superior. g. g. Die Vena longitudinalis superficialis antibrachii media, welche in das oberste Ende der Vena basilica antibrachialis einmündet, unmittelbar unterhalb der Stelle wo diese sich mit der Vena mediana superficialis inferior verbindet. h. h. Die Vena basilica antibrachialis. i. Der Anfang (d. h. das untere Ende) der Vena basilica brachialis zwischen den Uebergängen der beiden Venae medianae superficiales in dieselbe. k. k. Die Vena basilica brachialis in ihrem weiteren Verlaufe aufwärts. l. l. Die Vena brachialis profunda interna. m. m. Der Nervus cutaneus internus. n. n. n. Zweige des Nervus cutaneus medius, welche vor beiden Venae medianae superficiales herabgehen. o. o. Ein Zweig des Nodus cutaneus medius, welcher vor der Mitte der Vena mediana superficialis superior und hinter der Vena mediana superficialis inferior herabgeht.

Nicht besonders bezeichnet ist der Nodus cephalico-medianus. Er ist zu erkennen an der Anschwellung, welche unmittelbar unter dem Ursprunge der Vena mediana superficialis inferior sich findet, zwischen der mediana e. und dem mit c. bezeichneten obern Ende der Vena cephalica antibrachialis. Hier taucht die Vena mediana profunda in einer ganz kurzen Strecke aus der Tiefe hervor.

Tabula III.

Dritte Tafel.

Diese Tafel enthält Darstellungen von Gefässen und Nerven der vordern Seite des Ober-, des Vorder-Armes und des Ellenbogen-Gelenkes. Die Venen sind blau die Arterien roth colorirt. Fig. I. III. IV. und V. gehören der linken, Fig. II. gehört der rechten Seite an.

Fig. I. Die Venen sind ausserordentlich stark entwickelt. Sie schimmerten in der Leiche schon bevor sie injicirt waren stark durch die empor gehobene Haut durch. Es sind drei Venae medianae superficiales vorhanden, eine inferior, eine media und eine superior. Die Vena inferior ist sehr stark, die Vena media sehr schwach.

A. Noch mit der Cutis bedeckter Oberarmtheil. B. B. Noch mit der Cutis bedeckter Vorderarmtheil an dem die injicirten Venen bläulich durch die äussere Haut durchschimmern. C. Der Condylus internus humeri. a. a. a. a. a. Die Fascia humeri et antibrachii. b. b. Die Vena basilica antibrachialis. c. c. Die sehr starke Vena longitudinalis superficialis antibrachii externa. Sie verläuft Anfangs der Radialseite des Vorderarmes näher gelegen, etwas schräge gegen die Plica cubiti in die Höhe, und theilt sich hier in die Vena mediana superficialis inferior s. Vena mediana basilica und die Vena mediana cephalica. d. d. Die Vena cephalica antibrachialis, welche weiter aufwärts in den Anfang der Vena cephalica brachialis oder die Fortsetzung der Vena mediana cephalica übergeht. e. Der Anfang der Vena mediana cephalica. f. f. Die Vena mediana basilica, welche hier zugleich die Vena mediana superficialis inferior ist. g. Die Vena basilica brachialis (superficialis) unterhalb der Stelle wo sie den kurzen obern gemeinschaftlichen Stamm der Vena mediana superficialis media und superior aufnimmt. h. Die Vena basilica brachialis oberhalb der Stelle wo sie den erwähnten Stamm aufgenommen hat. i. Die Vereinigung des mit e. bezeichneten Anfangs der Vena mediana cephalica und der mit d. d. bezeichneten Vena cephalica antibrachialis, welche sich in die Vena mediana superficialis superior und die mit k. bezeichnete Fortsetzung der Vena mediana cephalica oder den Anfang der Vena cephalica brachialis theilt.   l. l. Die Fortsetzung der Vena cephalica brachialis an der äussern Seite des Oberarmes.   m. Die Vena mediana superficialis superior. n. Der gemeinschaftliche kurze in die Vena basilica brachialis einmündende Stamm der Vena mediana superficialis superior und media.   o. Die nur schwache aus dem Anfange der Vena mediana cephalica entspringende Vena mediana superficialis media.   p. p. p. Der Ramus palmaris des Nervus cutaneus medius. Er verläuft anfangs an der innern Seite der Vena basilica brachialis, geht hinter dem gemeinschaftlichen Stamm der Vena mediana superficialis superior und media herab, und theilt sich hier in einen schwächeren und einen stärkeren Zweig.   Der schwächere mit r. r. bezeichnete geht vor dem obern Ende der Vena mediana superficialis media und weiter abwärts vor dem unteren Ende der Vena mediana superficialis inferior, dann an der Innenseite der Vena longitudinalis antibrachii anterior superficialis externa herab. — Der stärkere Zweig geht vor der Mitte der Vena mediana basilica herab.   q. q. Der Ramus ulnaris des Nervus cutaneus medius.   s. Der gemeinschaftliche Stamm der Vena longitudinalis superficialis anterior antibrachii media und interna, welche oberhalb der Mitte der Vena mediana superficialis inferior in diese einmündet.

Fig. II.   An den mit A. B. C. D. D. E. und F. bezeichneten Gegenden bedeckt die Cutis noch die unter ihr gelegenen Theile.   A. Ein Theil des Oberarms.   B. Der Condylus externus, C. der Condylus internus humeri.   D. D. Die dem Ulnar-Rande näher gelegene Vorderarm-Seite.   E. Die Radial-Seite des Vorder-Armes.   F. Die Regio antibrachii supracarpea.   a. a. Die Fascia humeri.   b. b. b. b. b. Die Fascia antibrachii. c. c. Die Vena cephalica brachialis.   d. d. d. Die Vena cephalica antibrachialis.   e. e. Die Vena antibrachialis longitudinalis superficialis externa.   Sie geht hervor aus einem mit f. bezeichneten Plexus nodosus supracarpeus radialis.   Dieser sammelt die oberflächlichen Venen der Volar-Seite des Vorderarmes und anastomosirt mit der Vena cephalica antibrachialis.   Die aus dem Plexus hervorgehende Vena longitudinalis steigt schräge von aussen nach innen in die Höhe bis unterhalb der Mitte des Ellenbogen-Gelenkes, wo sie sich unter einem spitzen Winkel in eine Vena mediana superficialis cephalica g. und eine Vena mediana superficialis basilica h. theilt.   i. Die Dena basilica antibrachialis.   k. Die Verbindung der Vena basilica antibrachialis mit der Vena mediana basilica.   l. Die Vena basilica brachialis superficialis.   m. Der Nervus cutaneus medius der nur sehr wenig an der äussern Seite der Vena basilica brachialis hervortritt.   n. Die Fortsetzung des Nervus cutaneus medius, welche hinter und unter dem durch die Vereinigung der Vena mediana basilica und der Vena basilica antibrachialis gebildeten Winkel zum Vorderarm niedergeht.   o. Der Nervus medianus in einer kurzen Strecke theilweise sichtbar zwischen der Vena basilica brachialis und der Vena brachialis profunda interna.   p. p. Die Art. brachialis.   q. q. Die Vena profunda brachialis interna.   r. Die Vena profunda brachialis externa.   Quer vor der Arterie verlaufende Zweige verbinden die beiden Venae brachiales profundae.

Fig. III.   A. Mit der Cutis noch bedeckter Theil des Oberarms.   B. B. Mit der Cutis noch bedeckter Theil des Vorderarms.   C. Der Condylus internus humeri.   a. a. a. a. a. a. a. a. Vie Fascia humeri et antibrachii.   b. b. Die Vena basilica antibrachialis.   c. Eine Vena supracarpea interna.   d. Eine starke Vena supracarpea externa.   e. Der Anfang der nur schwachen Vena cephalica antibrachialis.   Diese drei mit c. d. und e. bezeichneten Venen bilden einen Plexus nodosus supracarpeus radialis aus dem nach oben die Fortsetzung der Vena cephalica antibrachialis und eine stärkere mit f. f. bezeichnete Vena longitudinalis anterior antibrachii superficialis hervorgeht.   g. g. Die Vena cephalica antibrachialis.   Die Vena longitudinalis anterior antibrachii superficialis neigt sich, indem sie aufwärts geht, allmählich mehr gegen die Mitte des untern Endes des Ellenbogen-Gelenkes hin, und theilt sich hier in die Vena mediana basilica h. h. und in die Vena mediana cephalica.   i. Die Vena mediana cephalica.   k. Die Vena basilica brachialis superficialis.   l. Die Vena cephalica brachialis.   m. Ein Zweig des Ramus cutaneus posterior antibrachii aus dem Nervus radialis der ungewöhnlich weit über dem Condylus externus humeri an die vordere Seite des Vorderarms gelangt.   n. Der Nervus cutaneus medius. o. o. Dessen Ramus palmaris, welcher hinter der Vena mediana basilica herabgeht. p. p. Der Ramus ulnaris des Nervus cutaneus medius.

Fig. IV. A. Mit der Cutis noch bedeckter Oberarmtheil. B. B. Mit der Cutis noch bedeckter Vorderarmtheil durch welche die Venae subcutaneae zum Theil durchschimmern. C. Der Condylus internus Ossis humeri. a. a. a. a. Die Lamina profunda der Fascia antibrachii. b. b. b. Die Lamina superficialis der Fascia antibrachii auf welcher gegen die Ulnarseite hin zwei Venae subcutaneae frei vorliegen, durch welche weiter gegen die Mitte hin eine Vena intrafascialis longitudinalis durchschimmert, während weiter gegen die Radialseite hin die Vena cephalica antibrachialis subcutan verläuft. Unmittelbar vor dem Ellenbogen-Gelenk ist die Lamina superficialis Fasciae gänzlich, und am untern Theil des Oberarms auch die Lamina profunda Fasciae entfernt. c. Der Musculus biceps brachii. d. Der Tendo flexorius desselben. e. Das Crus aponeuroticum desselben. f. Der Musculus brachialis internus. g. Die Vena cephalica antibrachialis. h. Die Vena longitudinalis externa intrafascialis, welche mit der Vena cephalica antibrachialis sich zur Vena mediana obliqua superficialis verbindet. i. i. Die Vena mediana superficialis obliqua. Eine Vena cephalica brachialis ist nicht vorhanden. k. Der gemeinschaftliche Stamm der Vena longitudinalis media und interna antibrachii der in die Vena basilica antibrachialis l. übergeht. m. Die Vena basilica brachialis. n. n. Die Vena profunda brachialis interna. . o. o. Die Vena profunda brachialis externa. p. Die Art. brachialis. q. Die Art. ulnaris. r. Die Art. radialis. s. Der Ramus ulnaris des Nervus cutaneus medius der Anfangs an der äussern Seite der Vena basilica brachialis liegt mit einem Zweige t. hinter dieser, mit einem andern u. vor dem obern Ende der Vena mediana superficialis herabgeht und zum Vorderarm gelangt. v. Der Ramus palmaris des Nervus cutaneus medius, der vor der Mitte der Vena mediana superficialis herabgeht. x. Der Nervus cutaneus externus. y. y. Der Nervus medianus. Er ist nach der äussern Seite absichtlich hinübergezogen um das Lagen-Verhältniss der Venae brachiales profundae zur Art. brachialis deutlicher zu machen. z. Die noch schwache Vena basilica antibrachialis vor ihrer Verbindung mit dem gemeinschaftlichen Stamm der Vena superficialis anterior longitudinalis media und externa.

Fig. V. Diese Figur zeigt das ursprüngliche Lagenverhältniss der Theile des Fig. IV. abgebildeten Präparats besonders des Nervus medianus. A. Der Schnittrand des Oberarms. B. Der Schnittrand des Unterarms. a. a. Die Lamina profunda der Fascia antibrachii. b. Der Musculus biceps brachii. c. Das Crus aponeuroticum desselben. d. Der Tendo flexorius desselben. e. e. Die Vena mediana superficialis. f. Die Vena brachialis profunda interna. g. Die Vena brachialis profunda externa. h. i. Die Art. brachialis. k. Die Art. radialis. l. Die Art. ulnaris. m. Der Nervus medianus noch an der äussern Seite der Art. brachialis liegend. n. Die ungewöhnlich tief stattfindende Kreuzung desselben mit der Art. brachialis. o. Derselbe nachdem er vor der Arterie herabgegangen und an dessen innere Seite gelangt ist oberhalb der Vena mediana. p. Derselbe unterhalb der Vena mediana. q. Die Vena basilica brachialis. r. r. Der Ramus palmaris des Nervus cutaneus medius. s. t. u. Der Ramus ulnaris des Nervus cutaneus medius und dessen Zweige. v. Der Nervus cutaneus externus.

Tabula IV.

Vierte Tafel.

Fig. I. Es sind auf dieser Figur, welche einen Theil einer linken Ober-Extremität darstellt zwei Venae medianae superficiales obliquae vorhanden, eine starke inferior und eine schwache superior.

A. Der Oberarm am obern Schnittrande. **B.** Der Unterarm am untern Schnittrande. **C.** Die Regio condyloidea interna. **D.** Die Regio condyloidea externa humeri. **a. a. a.** Die Art. brachialis. **b.** Die Art. radialis. **c.** Die Art. ulnaris. **d.** Die Vena cephalica antibrachialis anterior. **e.** Die Stelle wo diese sich in die Vena mediana superficialis inferior und den Anfang der Vena cephalica brachialis theilt. **f. f. f.** Der Verlauf der Vena cephalica brachialis weiter aufwärts am Oberarm. **g.** Ein kurzer Venenstamm der sich in einen absteigenden und einen aufsteigenden Zweig theilt. Der absteigende geht in die schwache nicht besonders bezeichnete Vena ceph. antibrachialis posterior über, der mit h. bezeichnete aufsteigende ist die Vena mediana superficialis obliqua superior. Diese ist schwach aber etwa 3 Zoll lang, geht schräge von aussen und unten nach innen und oben in die Höhe, verbindet sich an ihrem obern innern Ende mit einem aus der Gegend des Condylus internus aufsteigenden Zweige zu einem kurzen mit i. bezeichneten Stämmchen der in die Vena basilica brachialis profunda einmündet. **k. k.** Die Vena mediana obliqua superficialis inferior. Sie ist stark, entspringt und verläuft in der Weise wie wenn nur eine Vena mediana superficialis vorhanden ist. **l. l.** Eine Vena longitudinalis superficialis antibrachii interna. **m. n.** Venenzweige welche die Vena basilica antibrachialis repräsentiren. **o.** Die Vena radialis profunda interna. **p.** Ein Zweig derselben. **q. r.** Die Vena mediana profunda. Diese ist in ihrem weitern Verlaufe auf Fig. II. dargestellt. Sie nimmt die starke Vena interossea communis auf, biegt sich bogenförmig aufwärts und mündet von hinten in die Vena cephalica brachialis ein 3 Linien oberhalb deren Ursprung aus der Vena cephalica antibrachialis. **s.** Die Vena profunda ulnaris externa. **t.** Die Vena profunda ulnaris interna. **u.** Ein starker kurzer Venenstamm gebildet durch die Vereinigung der Vena ulnaris profunda externa und der Vena mediana profunda. **v.** Nodus venosus, gebildet durch die Vereinigung des mit u. bezeichneten Stammes und der mit t. bezeichneten Vena profunda ulnaris interna. Dieser Nodus bedeckt von vorne das untere Ende der Art. brachialis oberhalb ihrer Theilung in die Art. ulnaris und die Art. radialis gleichsam wie eine kurze Vena brachialis profunda communis secundaria, und theilt sich aufwärts sofort wieder in die Vena brachialis profunda interna und die Vena brachialis profunda externa. Diese ist mit w. w., die Vena profunda brachialis interna mit y. y. bezeichnet.

x. Das oberste Ende der Vena brachialis profunda externa, welches bis in die Achselhöhle reicht. Die Vena brachialis profunda externa geht am obern Dritttheil des Oberarms hinter der Art. brachialis nach innen fort, verbindet sich mit der Vena brachialis profunda interna (y. y.) zu einer kurzen mit z. bezeichneten Vena brachialis profunda communis secundaria. Diese letztere verbindet sich nach einem Verlaufe von 3 Linien mit der Vena basilica brachialis profunda zur Vena brachialis communis primaria. 1. 1. Die Vena basilica brachialis. 2. Die Vena brachialis communis primaria.

Fig. II. Die vordere Seite des Ellenbuges von dem auf Fig. I. abgebildeten Präparat zur deutlicheren Darstellung des Verhaltens der Vena mediana profunda. a. Die Art. brachialis. b. Die Art. radialis. c. Die Art. ulnaris. d. Die Vena cephalica antibrachialis. e. Die untere Hälfte der Vena mediana superficialis inferior. f. Der Anfang der Vena cephalica brachialis. g. Der kurze Stamm der den anastomosirenden Zweig der Vena cephalica antibrachialis posterior aufnimmt und die Vena mediana obliqua superior h. abgiebt. i. Die Vena ulnaris profunda antibrachii interna. k. Der Nodus venosus praearteriósus vor dem untern Ende der Art. brachialis. l. Die Vena brachialis profunda interna. m. Die Vena interossea communis antibrachii. n. Die Vena mediana profunda unterhalb ihrer Einmündung in den Anfang der Vena cephalica brachialis. o. Die bogenförmige Verlängerung dieser Vene, welche auf Fig. I. nicht sichtbar ist. p. Die Vena radialis profunda antibrachii externa. q. Die Vena radialis profunda antibrachii interna. r. Ein Zweig der letztern. s. Die Vena ulnaris profunda externa. u. Die Vena brachialis profunda externa.

Fig. III. Diese Figur enthält eine Darstellung der in der Tiefe vor dem Ellenbogen-Gelenk gelegenen Theile des auf Tab. II. Fig. II. abgebildeten Präparates. Die Vena mediana superficialis transversa ist in der Mitte bei l. und q. durchschnitten gedacht und auseinander gezogen.

A. Der Oberarm unterhalb des obern Schnittrandes. B. Der Vorderarm oberhalb des untern Schnittrandes. C. Die Regio condyloidea interna. D. Die Regio condyloidea externa humeri. E. Der Tendo flexorius des Musculus biceps brachii. a. Die Art. brachialis. b. Die Art. ulnaris. c. Die Art. radialis. d. Ein auf Tab. II. Fig. II. nur schwach angedeuteter und nicht besonders bezeichneter Venenzweig der in die mit k. bezeichnete Fortsetzung der Vena longitudinalis anterior superficialis interna antibrachii übergeht. e. f. Die Vena longitudinalis anterior superficialis interna und media unterhalb des mit h. bezeichneten sie verbindenden Nodus venosus. g. Die Vena cephalica antibrachialis anterior (welche überdies auch noch aus Versehen mit n. n. bezeichnet worden). h. Der Nodus venosus wie bereits angegeben ist. i. k. Die Fortsetzung der Vena longitudinalis antibrachialis superficialis interna. l. Das innere Ende der durchschnittenen Vena mediana superficialis transversa. m. m. Die Fortsetzung der Vena longitudinalis interna in die Vena basilica brachialis, welche auf dieser Figur nur schwach angedeutet ist. n. n. Die Vena cephalica antibrachialis anterior. o. Die Fortsetzung der Vena longitudinalis superficialis media oberhalb des Nodus venosus. p. Die Fortsetzung der Vena cephalica antibrachialis anterior unterhalb der Vena mediana superficialis transversa. q. Das linke Ende dieser durchschnittenen Vene. r. r. Die weitere Fortsetzung der Vena cephalica antibrachialis anterior. s. Die Vena mediana profunda inferior. t. Die Vena mediana profunda superior. Beide liegen nahe aneinander und gehen hart aneinander liegend, fast vereint in die Vena cephalica antibrachialis über. Sie kommen hervor aus einem starken Plexus praearteriosus cubitalis profundus der mit u. v. w. x. y. z. bezeichnet ist, und das untere Ende der Art. brachialis von vorne verdeckt, aus den Verbindungen der Venae ulnares und radiales profundae in der Tiefe des Ellenbuges gebildet wird und nach oben die beiden Venae brachiales profundae entsendet. 1. Ein aus diesem Plexus hervorgehender starker Zweig der mit einem andern noch stärkeren vereint die Vena brachialis interna profunda 2. zusammensetzt. 3. Die Vena brachialis profunda externa. 4. 4. Die Vena cephalica antibrachialis posterior. 5. Die Vena cephalica brachialis. 6. Ein Ramus venosus collateralis radialis.

Fig. IV. Der grössere Theil einer linken obern Extremität von der innern Seite betrachtet. Es ist eine Vena brachialis profunda infima vorhanden. A. Das obere Ende des Oberarms. B. Der Vorderarm an dem untern Schnittrand. C. Der Condylus internus humeri. D. D. Die vordere innere Seite des Oberarms. E. E. Die hintere innere Seite des Oberarms. F. Die hintere innere Seite des Vorderarms. a. Das untere Ende der Art. axillaris. b. b. Die Art. brachialis. c. Die Art. ulnaris. d. Die Art. radialis. e. Die Vena cephalica antibrachialis. f. Die Vena mediana superficialis. g. Die Vena profunda radialis interna. h. Die Fortsetzung derselben nachdem sie die Vena profunda ulnaris externa (welche nicht besonders bezeichnet ist) aufgenommen hat. i. i. Die Vena profunda brachialis interna. k. k. Die ungewöhnlich starke Vena basilica antibrachialis. l. l. Die Vena basilica brachialis. m. m. Die Vena brachialis profunda infima. Sie steht unten in Verbindung mit dem obern Ende der Vena basilica antibrachialis, geht hinter der untern Hälfte der Art. brachialis in die Höhe und mündet bei n. in die Vena basilica brachialis ein. o. p. Zweige der Vena profunda brachii. q. Die Vena profunda brachii. r. r. Die Vena brachialis communis primaria. s. Die Vena axillaris. t. u. v. Anastomosen zwischen der Vena basilica antibrachialis und der Vena mediana superficialis obliqua. w. Die Vena collateralis ulnaris brachii, welche an zwei Stellen mit der Vena basilica brachialis anastomosirt.

Fig. V. Der linke Oberarm und der obere Theil des Vorderarms von der innern und vordern Seite dargestellt. Schon die Art. axillaris theilt sich in die schwächere Art. radialis und die stärkere Fortsetzung, welche als Art. brachialis verläuft und im Ellenbogen-Gelenk zur Art. ulnaris wird. A. Das obere Ende des Oberarms. B. Der Condylus internus humeri. C. C. Die hintere Seite des Oberarms. D. Die hintere Seite des Vorderarms. E. E. Die vordere Seite des Oberarms. F. Die vordere Seite des Vorderarms. G. G. Der kurze, H. H. der lange Kopf, I. der gemeinschaftliche Bauch, K. die Sehne des Musculus biceps brachii. a. Die Art. axillaris. b. b. b. Die aus letzterer entspringende Art. radialis in ihrem Verlaufe am Oberarm. c. c. c. Die Art. brachialis (die Fortsetzung der Art. axillaris am Oberarm nachdem diese die Art. radialis abgegeben hat). d. Die Art. ulnaris. e. Die Art. recurrens ulnaris. f. f. Die Vena cephalica antibrachialis posterior. g. Die Vena cephalica brachialis. h. Die Vena cephalica antibrachialis anterior. i. Die Vena mediana profunda als Fortsetzung der Vena radialis profunda communis. k. Der Nodus venosus cephalicomedianus. l. Der Anfang der Vena cephalica brachialis. m. Die Theilungsstelle derselben in deren Fortsetzung und die mit n. n. bezeichnete Vena mediana superficialis superior. o. o. Die Vena mediana superficialis inferior. p. p. Ein vor dem innern Condylus des Oberarms gelegenes Venengeflecht, welches mit der Vena mediana in Verbindung steht, auch ohne Zweifel die Vena basilica antibrachialis aufgenommen hatte. Diese ist jedoch an dem Präparat nicht mehr vorhanden. q. q. Die Vena basilica brachialis. r. Die Vena brachialis communis primaria gebildet durch die Vereinigung der Vena basilica brachialis und der Vena brach. profunda communis. s. Die Vena axillaris. t. t. Die Vena brach. profunda externa. u. Die Vena brachialis profunda interna. v. Die Vena brachialis profunda communis secundaria. Die Vena brachialis profunda externa nimmt die starke Vena profunda brachii auf (welche die gleichnamige Arterie begleitet auf der Tafel nur eine ganz kurze Strecke sichtbar und nicht besonders bezeichnet ist) und geht hinter der Art. brachialis an die innere Seite derselben herüber um sich mit der Vena brachialis profunda interna zu verbinden. w. w. w. Die Vena brachio-radialis profunda interna. x. x. Die Vena brachio-radialis profunda externa. Diese beiden Venen fassen die Art. radialis in ihrem Verlaufe am Oberarm zwischen sich, vereinigen sich in der Achselhöhle zu einer kurzen mit y. bezeichneten Vena radioaxillaris communis, welche in die Vena axillaris übergeht.

Die an der innern und hintern Seite des Oberarms befindlichen zahlreichen und starken Hautvenen sind nicht besonders bezeichnet.

Tabula V.

Fünfte Tafel.

Diese Tafel enthält Darstellungen der oberflächlichen Venen der Rückenseite der Hand, der Rücken-
und Vorderseite des Vorderarmes und der oberflächlichen Nerven.

Fig. I. Die Rückenseite der rechten Hand und des grösseren Theiles des Vorderarmes. a. Die Vena
digitalis dorsalis radialis Digiti indicis. b. Die Vena digitalis dorsalis ulnaris Digiti indicis. c. Die Vena
digitalis dorsalis radialis Digiti medii. d. Die Vena digitalis dorsalis ulnaris Digiti medii. e. Die Vena
digitalis dorsalis radialis Digiti quarti. f. Die Vena digitalis dorsalis ulnaris Digiti quarti. g. Die Vena
digitalis dorsalis radialis Digiti quinti.

Mit a. beginnt der Tractus venosus dorsalis manus radialis, mit b. der Tractus venosus dorsalis manus
ulnaris, welche in ihrer Gesammtheit das Rete venosum dorsale manus zusammensetzen. Der Tractus radialis strebt gegen den Processus styloideus radii, der Tractus ulnaris gegen das Capitulum Ulnae aufwärts.
Auf dem Carpus sind beide durch den mit n. bezeichneten Arcus venosus dorsalis manus verbunden.

h. h. Die Vena interossea s. metacarpea dorsalis prima s. cephalica pollicis. i. Die Vena digitalis dorsalis ulnaris pollicis. k. Die Vena interossea dorsalis secunda. l. Die Vena interossea dorsalis tertia.
m. m. Die Vena interossea dorsalis quarta s. Vena salvatella. n. Der Arcus venosus dorsalis manus. o. Der
Nodus venosus carpeus dorsalis ulnaris in dem alle Zweige des Tractus venosus dorsalis ulnaris sich vereinigen.
p. p. Ein starker Ramus venosus supracarpeus der aus dem Nodus hervorkommt und schräge zur Radialseite
hinüber zur Vena cephalica geht. Ein zweiter nicht besonders bezeichneter noch etwas stärkerer Zweig geht
fast grade, doch etwas radialwärts in die Höhe, und theilt sich in zwei mit q. und r. bezeichnete Venen. Die
mit q. bezeichnete geht in zwei mit v. und y. bezeichnete Zweige getheilt vollständig zur Radialseite hinüber in die Vena cephalica, die mit r. bezeichnete theilt sich wieder in zwei Zweige von denen der eine
radialwärts zur Vena cephalica, der andere mit s. bezeichnete die dorsale Wurzel der Vena basilica antibra-

chialis bildet.   t. u. Die Vena basilica antibrachialis.   w. w. w. Die Vena cephalica antibrachialis, die Fortsetzung der Vena cephalica pollicis.   x. x. x. Der Nervus cutaneus posterior antibrachii aus dem Nervus radialis.

Die mit p. p. q. r. s. v. und y. bezeichneten Zweige setzen in ihrer Gesammtheit das Rete venosum supracarpeum dorsale antibrachii zusammen.

Fig. II. Die vordere Seite des Vorderarms und des unteren Theiles des Oberarmes mit den oberflächlichen Venen und Nerven der rechten obern Extremität.

A. Der Oberarm unterhalb des Schnittrandes.   B. Der Condylus internus humeri.   C. C. Die Hand-Wurzelgegend.   D. Die Ulnarseite, E. E. E. die Radialseite des Vorderarmes.   F. F. F. Die Fascia humeri. G. G. G. G. Die Fascia Antibrachii.   a. Die Vena carpea superficialis volaris externa s. tenarica, welche vom Ballen des Daumens kommt.   b. Die Vena carpea superficialis interna s. antitenarica, welche vom Ballen des kleinen Fingers kommt.   c. Die durch die Vereinigung der beiden vorigen Venen entstandene unpaare Vena antibrachialis longitudinalis superficialis media. Sie liegt anfangs grade auf der Sehne des Musculus palmaris longus, geht dann an dessen innere Seite hinüber, und steigt von hier aus weiter mit d. d. bezeichnet als Vena longitudinalis antibrachialis media bis fast vor die Mitte des Ellenbuges in die Höhe. e. e. Die schwächere Wurzel einer Vena longitudinalis antibrachialis superficialis externa, welche mit der Vena longitudinalis media anastomosirt. f. f. Die stärkere Vena longitudinalis anterior superficialis externa, welche nach innen mit der eben angegebenen schwächeren Wurzel, an zwei Stellen nach aussen mit der Vena cephalica antibrachialis anterior anastomosirt, und an ihrem obern Ende in die Vena mediana obliqua superficialis vier Linien oberhalb deren unteren Ende einmündet.   g. h. Die obern Endzweige der Vena longitudinalis superficialis antibrachii media in welche diese sich theilt.   Durch den schwächeren Zweig g. verbindet sie sich mit der Vena mediana obliqua superficialis, der stärkere h. die eigentliche Fortsetzung der Vene neigt sich schräg nach innen und oben in die Höhe, und geht in die Vena basilica antibrachialis in geringer Entfernung unter deren obern Ende über.   i. i. i. Die Vena basilica antibrachialis.   k. Das obere Ende derselben nach der Verbindung mit der Vena longitudinalis antibrachii media zwischen dieser und der Verbindung mit der Vena mediana obliqua superficialis.   l. l. Die Vena mediana obliqua superficialis. m. Der Anfang der Vena basilica brachialis superficialis gleich oberhalb desselben nach der Vereinigung der Vena basilica antibrachialis mit der Vena mediana obliqua superior.   n. Die Vena basilica brachialis superficialis in geringer Entfernung unterhalb des Foramen basilicum der Fascia humeri.   Nur der mit m. bezeichnete Anfang dieser Vene ist ganz entblösst.   Der ganze übrige Theil schimmert durch die nicht entfernte Lamina superficialis der Fascia durch.   o. o. p. s. Die Vena cephalica antibrachialis anterior, welche weiter aufwärts verstärkt wird durch mit q. und r. bezeichnete von der Rückenseite des Vorderarms kommende Zweige.   t. u. Die vordere Wurzel der Vena cephalica brachialis.   v. v. Die hintere Wurzel derselben gebildet durch die Vena cephalica antibrachialis posterior.   w. Die Vereinigungsstelle beider Wurzeln.   x. x. Die Vena cephalica brachialis.   y. Der Ramus palmaris des Nervus cutaneus medius an der Stelle wo er schon gesondert vom Ramus ulnaris die Fascia humeri durchbohrt.   z. Die Stelle wo er im Begriff ist hinter der Vena mediana vor dem Ellenbogen-Gelenk an den Vorderarm herabzutreten. 1. 1. Der weitere Verlauf desselben am Vorderarme abwärts.   2. 3. Grössere Endzweige desselben.   4. Der Ramus ulnaris des Nervus cutaneus medius der anfangs an der äussern Seite der Vena basilica brachialis, dann hinter dem obern Ende der Vena mediana obliqua superficialis herabgeht.   5. 6. 6. Der weitere Verlauf desselben am Vorderarm.

Fig. III. Die Radialseite des rechten Vorderarms und des untern Theiles des rechten Oberarmes mit den oberflächlichen Venen und Nerven.   A. Der Oberarm am Schnittrande.   B. Die vordere Seite des Ellenbogen-Gelenks. C. Das untere Ende des Vorderarms. D. D. Die Fascia humeri. E. E. E. E. E. Die Fascia antibrachii. a. Die Vena cephalica brachialis. b. Die Stelle wo sie aus der Vereinigung der Vena cephalica antibrachialis posterior c. c. d. e. und des äussern Endzweiges der Vena cephalica antibrachialis anterior (m.) hervorgeht. g. h. k. Die Vena cephalica antibrachialis anterior. f. i. Verbindungszweige der Vena cephalica antibrachii anterior und posterior. l. Die Theilungsstelle der Vena cephalica antibrachialis anterior in ihren äussern und innern Endzweig. m. Der äussere Endzweig der zugleich die vordere Wurzel der Vena cephalica brachialis darstellt. n. Der innere Endzweig oder der Anfang der Vena mediana obliqua superficialis. o. Die Fortsetzung derselben vor dem Ellenbogen-Gelenk. p. Ein von der vordern Seite des Vorderarms herüberkommender Verstärkungszweig der Vena cephalica antibrachialis. q. Das untere Ende derselben. r. s. Von der Ulnargegend auf der Rückenseite herüberkommende aus dem Plexus supracarpeus hervorkommende Wurzelzweige der Vena cephalica antibrachialis. t. u. Der Ramus palmaris des Nervus cutaneus medius. v. Der Nervus cutaneus posterior antibrachii unterhalb der Stelle wo er die Fascia humeri durchbohrt hat. w. x. x. x. Verzweigungen desselben abwärts am Vorderarm.

Tabula VI.

Sechste Tafel.

Fig. I. Ein Theil der Venen des Oberarmes und des Ellenbogen-Gelenks von der rechten obern Extremität.

a. Die Art. axillaris. b. b. Die Art. brachialis. c. d. Die Art. radialis. e. Die Art. ulnaris. f. f. Die Vena cephalica antibrachialis posterior. g. Die Vereinigungsstelle derselben mit dem äussern Endzweige der Vena cephalica antibrachialis anterior (oder der vordern Wurzel der Vena cephalica brachialis). h. h. Die Vena cephalica brachialis. i. Die Vena cephalica antibrachialis anterior. k. Die Theilung derselben in ihren äussern Endzweig oder die vordere Wurzel der Vena cephalica brachialis l. und die mit m. bezeichnete Vena mediana superficialis obliqua. n. Die Vena basilica antibrachialis. o. o. Die Vena brachialis profunda interna, welche in der Mitte des Oberarms in die Vena basilica brachialis übergeht. p. p. Die untere Hälfte der Vena basilica brachialis bevor diese die Vena brachialis profunda interna aufgenommen hat. q. Die Vena radialis antibrachialis profunda interna. r. Die Vena ulnaris antibrachialis profunda externa. Diese bildet mit der vorigen einen Plexus praearteriosus ulnaris vor dem Ursprunge der Art. ulnaris, aus welchem nach oben die sehr starke mit u. u. u. bezeichnete Vena brachialis profunda externa hervorgeht. v. Das Ende der letzteren, welche vor dem obern Ende der Art. brachialis zur innern Seite derselben hinüber in die Vena axillaris übergeht. w. Ein schwächerer neben der Vena axillaris verlaufender Zweig der Vena brachialis profunda externa, welcher gleichsam eine Vena axillaris externa (secundaria) darstellt. Die Achselarterie ist hiernach ebenfalls von 2 Venen begleitet. x. x. Die Vena brachialis communis secundaria, zu welcher sich die Vena basilica brachialis und die Vena profunda brachialis interna verbunden haben. y. y. Die Vena axillaris.

Fig. II. Ein ähnliches Präparat wie das auf Fig. I. dargestellte, an dem 2 Venae basilicae brachiales nebeneinander verlaufen.

a. Das untere Ende der Art. axillaris. b. b. b. Die Art. brachialis. c. Die Art. radialis. d. d. Die Art ulnaris. e. Die Art. recurrens ulnaris. f. Die Vena ulnaris antibrachialis externa. g. g. g. Die Fortsetzung derselben als Vena brachialis profunda externa. Sie nimmt einen schwachen mit h. bezeichneten aus der Achselhöhle neben dem obern Theile der Art. brachialis verlaufenden Zweig auf, geht vor der Art. brachialis zur innern Seite der letztern hinüber und mündet in die Vena basilica brachialis externa an der mit i. bezeichneten Stelle ein. k. k. Die Vena antibrachialis profunda ulnaris interna. Sie geht mit einem Zweige als Vena mediana profunda in die Vena mediana superficialis etwas unterhalb der Mitte derselben über, mit dem andern schwächern durch l. bezeichneten setzt sie sich fort in die mit m. m. bezeichnete Vena brachialis profunda interna. Diese letztere mündet bei n. in die Vena basilica brachialis externa. o. Ein kleiner von oben aus der Achselhöhle neben der Art. brachialis herabsteigender in die Vena brachialis profunda externa übergehender Zweig. p. q. Verbindungszweige zwischen der Vena brachialis profunda externa und interna, welche die Art. brachialis von vorne kreuzen. r. Die Vena cephalica antibrachialis. s. s. Die Vena cephalica brachialis. t. t. Die Vena mediana superficialis obliqua. u. u. u. Die Vena basilica brachialis externa, die Fortsetzung der Vena mediana superficialis. v. Die Vena basilica antibrachialis. w. w. w. Deren Fortsetzung am Oberarm als Vena basilica brachialis interna. Die beiden Venae basilicae brachiales steigen parallel neben einander bis zum obern Ende des Oberarms in die Höhe, wo sie bei x zur Vena brachialis communis primaria sich vereinigen. y. Die Vena axillaris.

Fig. III. und IV. stellen ein und dasselbe Präparat in etwas veränderten Ansichten dar. Es gehört der obern Extremität der rechten Seite an. Die Art. radialis entspringt etwas oberhalb der Mitte der Art. brachialis aus dieser.

Fig. III. Die Ansicht ist grade von der vordern Seite des Armes aufgenommen.

a. Die Art. axillaris. b. Die Art. brachialis oberhalb der Stelle wo sie die Art. radialis abgiebt. c. d. d. d. d. Die Art. radialis. e. e. e. Die Fortsetzung der Art. brachialis. f. Die Vena cephalica antibrachialis vom obern Ende des Vorderarms, welche sich in einer kurzen Strecke in eine Vena cephalica anterior und posterior theilt. Beide verlaufen etwa 2 Zoll neben einander liegend aufwärts und vereinigen sich alsdann zur Vena cephalica brachialis. g. Die Vena cephalica antibrachialis anterior unterhalb der Stelle wo sie die Vena mediana profunda aufgenommen hat. h. Die Vena cephalica antibrachialis posterior. i. Die Vena cephalica anterior nachdem sie die Vena mediana profunda aufgenommen hat. k. Die Vena cephalica brachialis. l. m. Zweige die zu einem kurzen gemeinschaftlichen nicht besonders bezeichneten Stamme der Vena mediana profunda sich vereinigen, welcher in die Vena cephalica anterior übergeht. n. Die Vena radialis profunda externa. o. Die Stelle wo sie durch einen hinter der Art. brachialis verlaufenden Zweig mit der Vena brachialis profunda interna in Verbindung steht. p. p. p. Die Vena brachialis profunda externa. q. Die Vena brachialis profunda interna. r. Die Vena brachio-radialis profunda externa. s. s. Die Vena brachioradialis profunda interna. Sie verbindet sich in der Mitte des Oberarms mit der Vena brachioradialis externa. Es entsteht dadurch eine einfache weiter aufsteigende Vena brachioradialis communis, welche durch das dritte (oberste) s. bezeichnet ist. Sie geht über den Ursprung der Art. radialis noch weiter aufwärts in die Höhe wird alsdann zur Vena brachialis profunda suprema, ist als solche mit v. bezeichnet und geht verstärkt durch andere Venen im untern Theil der Achselgrube in eine Vena axillaris secundaria über. Diese ist mit w. w. bezeichnet. t. u. sind Verbindungszweige durch welche die Vena brachioradialis communis mit der Vena basilica brachialis x. x. anastomosirt. y. Die Stelle wo die Vena brachialis communis profunda (gebildet etwas oberhalb der Mitte des Oberarms durch Vereinigung der Vena brachialis profunda interna und externa) mit der Vena basilica brachialis sich vereinigt. z. z. Die durch diese Vereinigung entstandene Vena brachialis communis primaria. 1. 2. Die Vena axillaris communis.

Fig. IV. Das auf Fig. III. abgebildete Präparat ist mit seinem obern Theil in der Art. von aussen nach innen (gleichsam in Pronation) umgewendet dargestellt, dass die Vena brachioradialis interna mit ihrem Uebergange in die Vena brachioradialis communis und deren ununterbrochene Fortsetzung in die Vena axillaris secundaria sichtbar ist. Die Art. radialis ist in dieser Ansicht fast ganz verdeckt.

a. Die Art. axillaris. b. Die Art. brachialis oberhalb des Ursprunges der Art. radialis. c. c. c. Die Art. radialis. d. d. d. Die Art. brachialis in ihrem weiteren Verlaufe unterhalb des Ursprunges der Art. radialis. e. Die Vena antibrachialis cephalica communis. f. Die Vena antibrachialis cephalica posterior. g. Die Vena cephalica brachialis. h. Die Vena cephalica antibrachialis anterior unterhalb der Stelle wo sie die Vena mediana profunda aufgenommen hat. i. Dieselbe nach der Verbindung mit der Vena mediana profunda. k. l. Die Vena antibrachialis ulnaris profunda interna. m. m. Die Vena brachialis profunda interna. n. n. n. n. n. Die Vena brachioradialis interna im Zusammenhange mit der Vena brachioradialis communis und deren Fortsetzung bis zur Vena axillaris secundaria. o. Die Vena brachialis profunda interna, welche in dieser Ansicht nur wenig sichtbar ist. p. q. Die Vena basilica brachialis. r. Der Verbindungszweig derselben mit der Vena brachioradialis communis. s. s. Die Vena brachialis communis secundaria. t. u. Die Vena axillaris.

Druck von Robert Nischkowsky in Breslau.

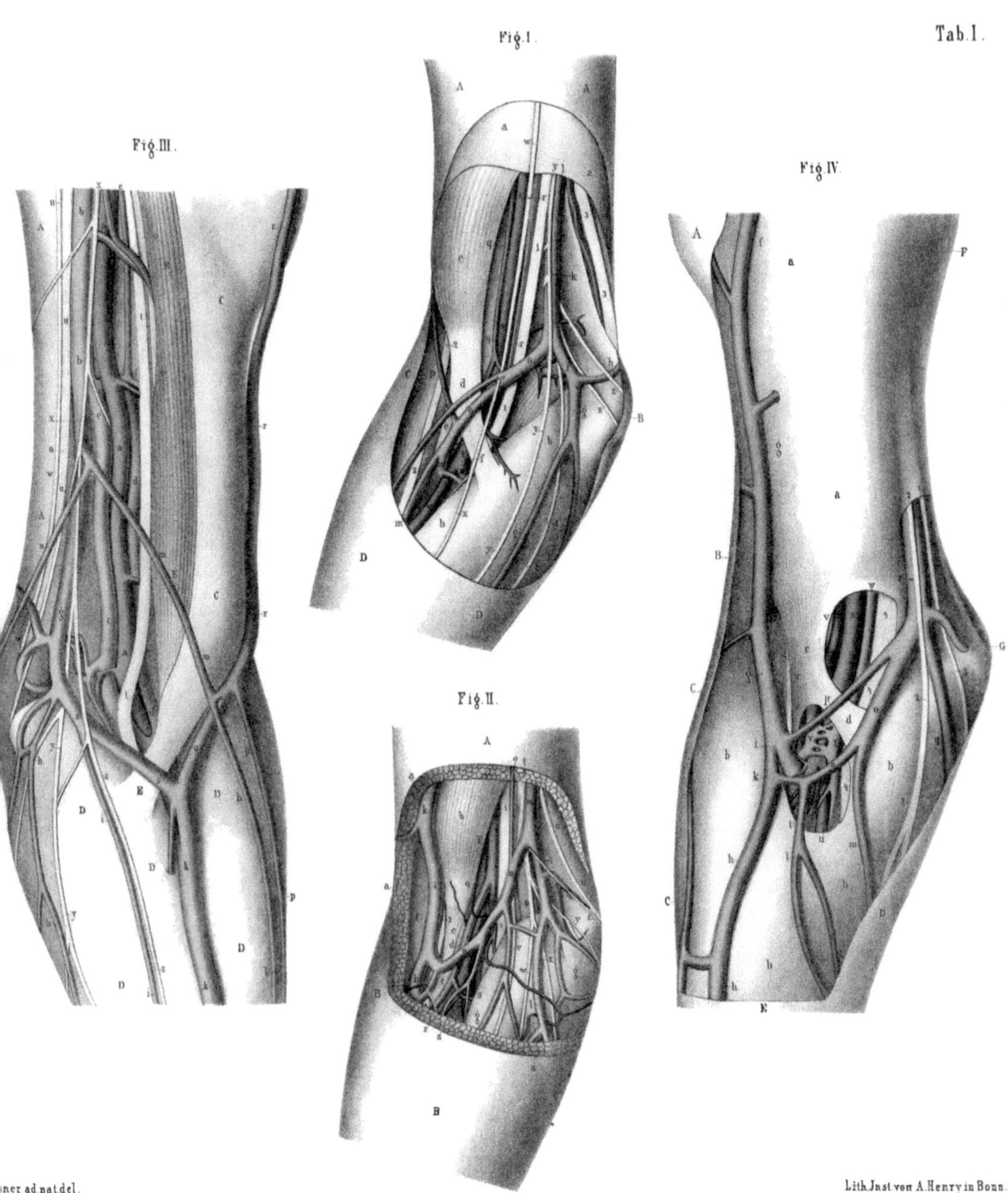

Fig.III.
Fig.I.
Tab.I.
Fig.IV.
Fig.II.
ner.ad.nat.del.
Lith.Jnst.von A.Henry in Bonn.

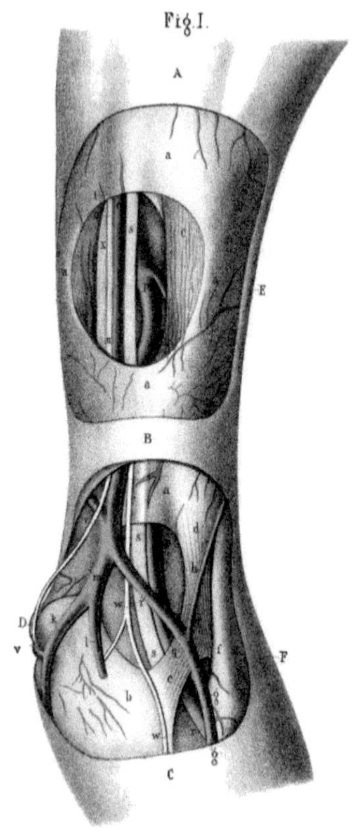

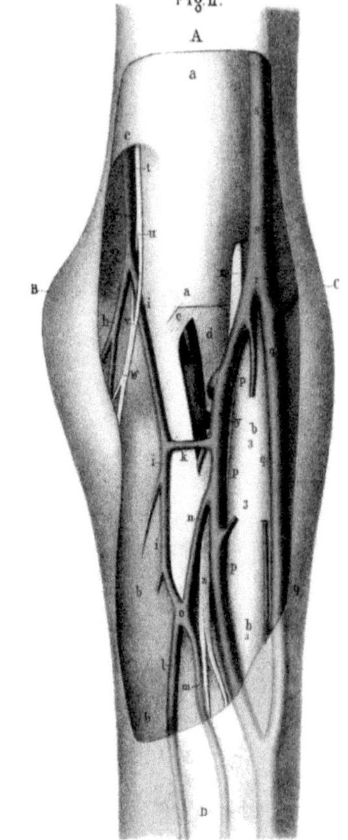

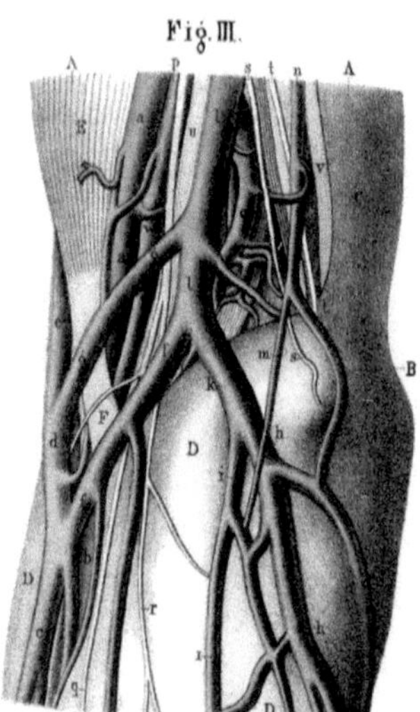

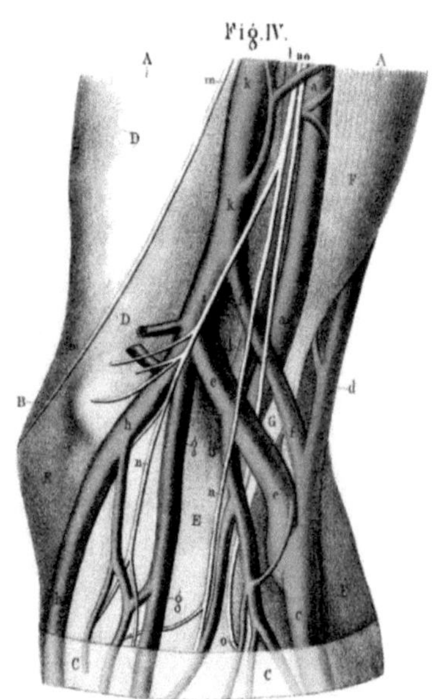

Elsner ad nat. del.

Lith. Jnst. von A. Henry in Bonn

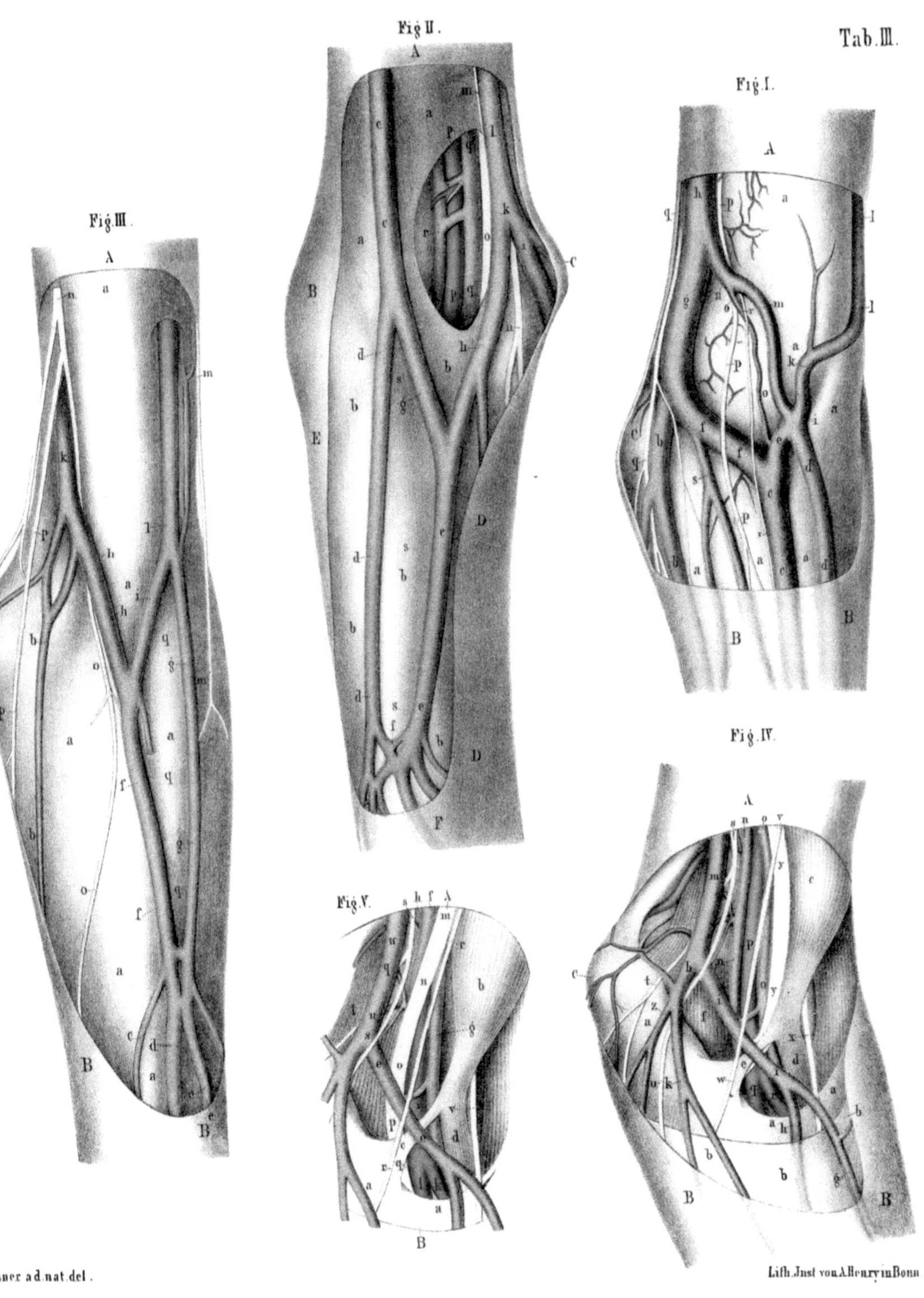

Fig. II.
Tab. III.
Fig. I.
Fig. III.
Fig. IV.
Fig. V.
sner ad. nat. del.
Lith. Inst. von A. Henry in Bonn

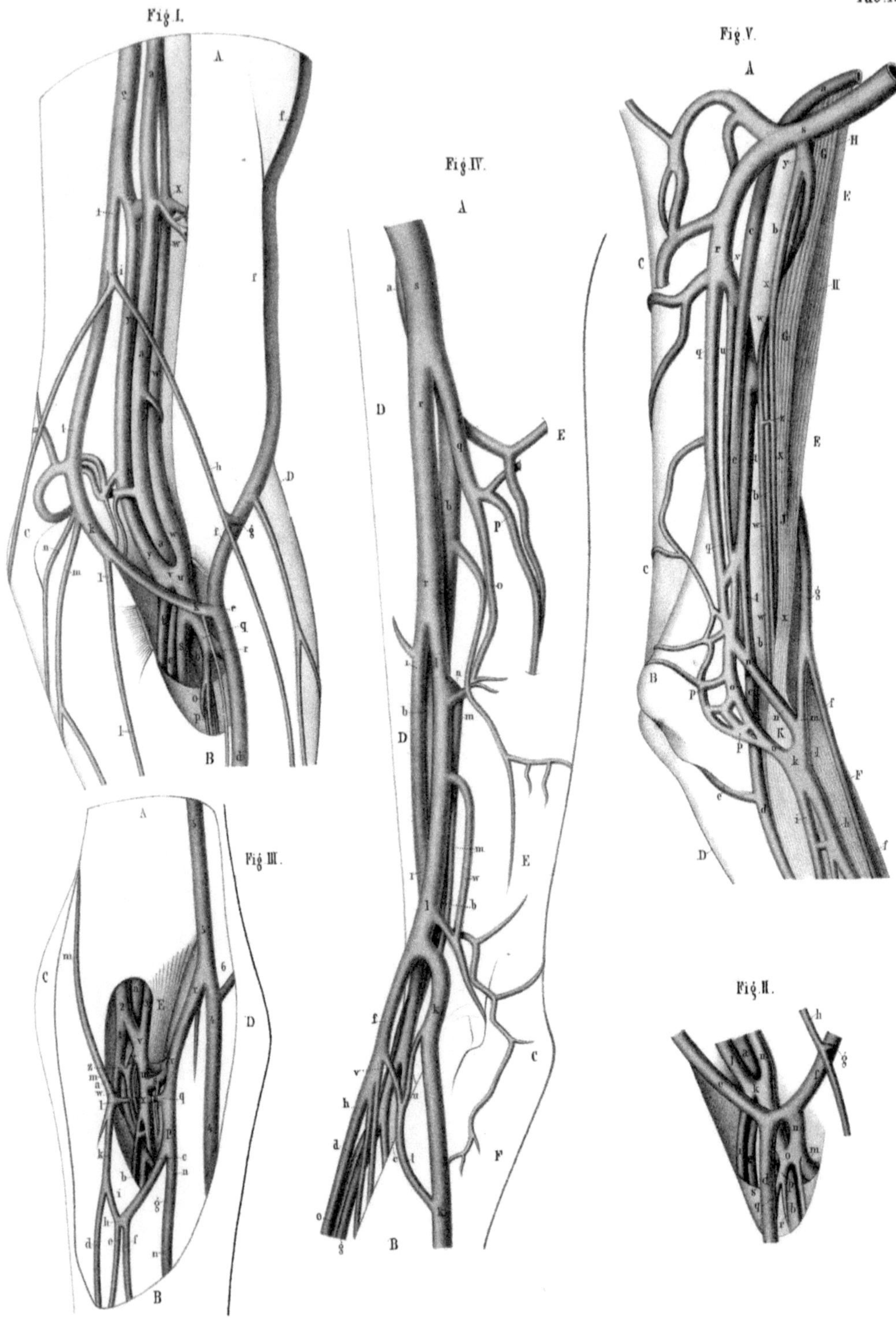
Tab. IV.
Fig. I.
Fig. II.
Fig. III.
Fig. IV.
Fig. V.
Elsner ad. nat. del.
Lith. Inst. von A. Henry in Bonn.

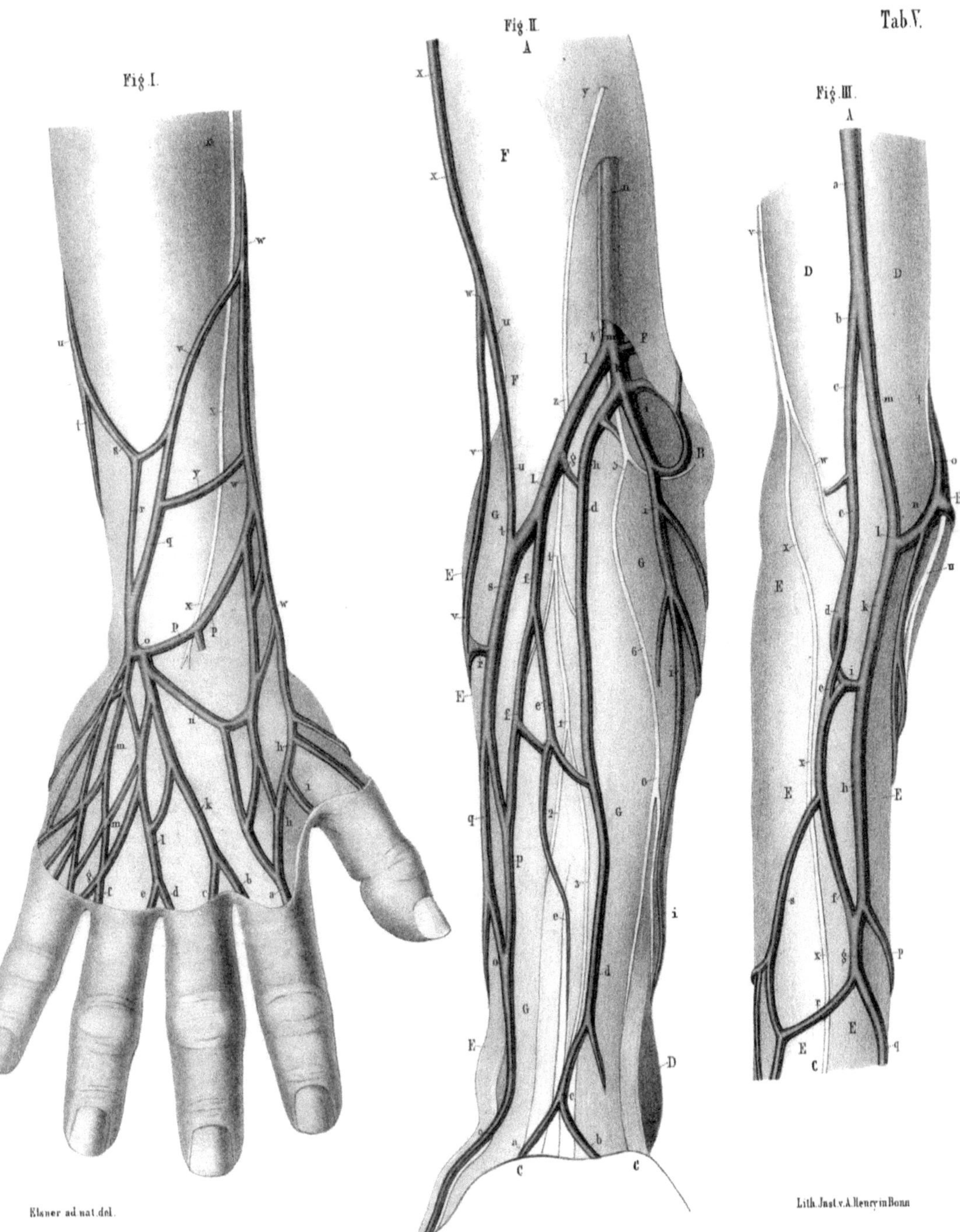

Fig. I.
Fig. II.
A
Fig. III.
A
Tab. V.
Elsner ad nat. del.
Lith. Inst. v. A. Henry in Bonn

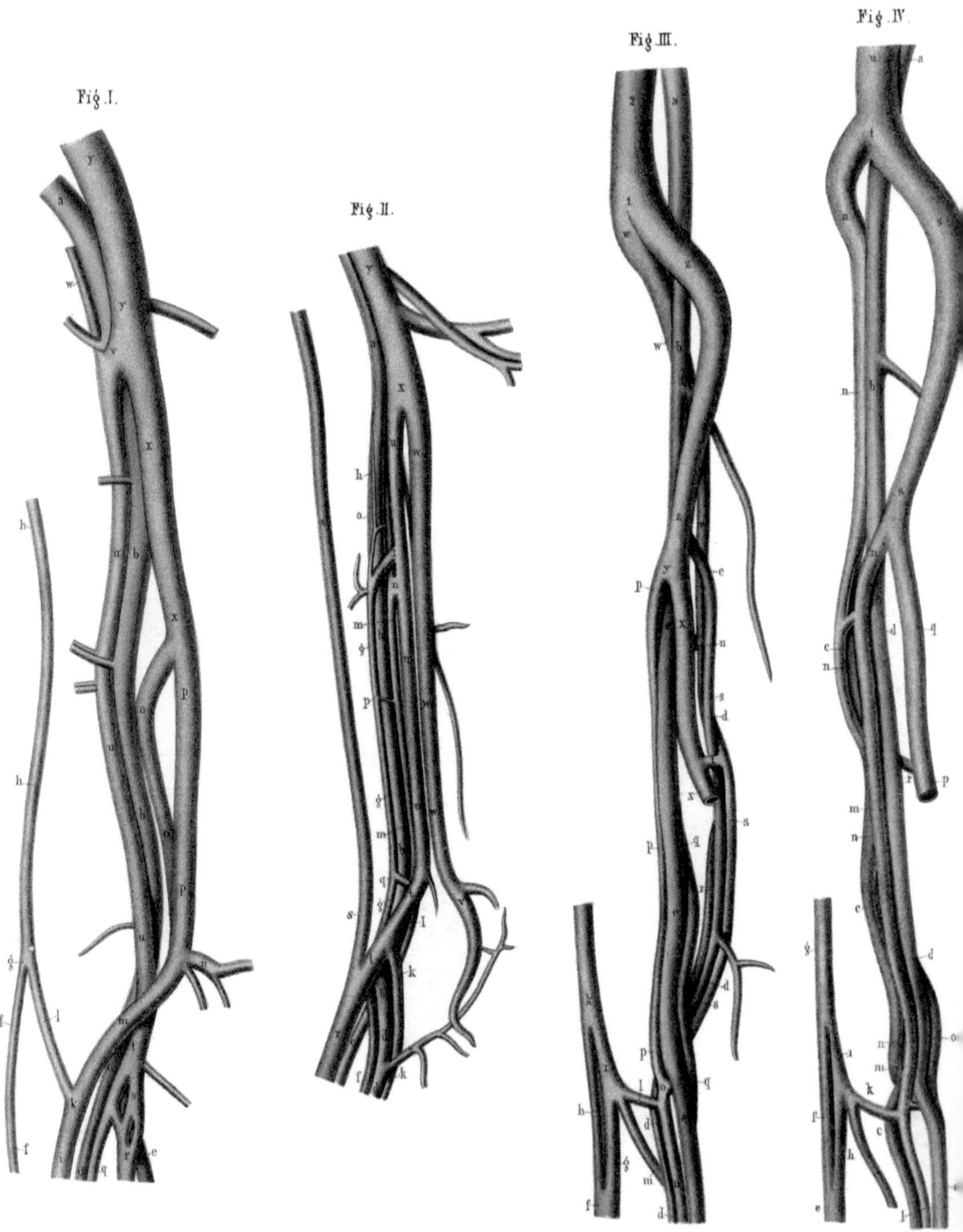

Tab V.
Fig. I.
Fig. II.
Fig. III.
Fig. IV.
Elsner ad.nat.del.
Lith.Jnst.von A.Henry in Bonn.